Franz Kafka

La Metamorfosis
y otros cuentos

Colección *Filo y contrafilo* dirigida por
Adrián Rimondino y Enzo Maqueira.

Ilustración de tapa: Fernando Martínez Ruppel.

La metamorfosis y otros cuentos
es editado por
EDICIONES LEA S.A.
Av. Dorrego 330 C1414CJQ
Ciudad de Buenos Aires, Argentina.
E-mail: info@edicioneslea.com
Web: www.edicioneslea.com

ISBN 978-987-718-045-9

Primera edición. Primera reimpresión. Impreso en Argentina.
Abril de 2016. Oportunidades S.A.

Kafka, Franz
    La metamorfosis y otros cuentos. - 1a ed. 1a reimp.- Ciudad Autónoma de
Buenos Aires : Ediciones Lea, 2016.
    160 p. ; 23x15 cm. - (Filo y contrafilo; 28)

    ISBN 978-987-718-045-9

    1. Narrativa Checa. I. Título.
    CDD 891.86

Franz Kafka

La Metamorfosis y otros cuentos

Introducción

Nacido en Praga, República Checa, en 1883, Franz Kafka está considerado uno de los escritores más importantes de la historia universal. Hijo de una familia de comerciantes judíos, vivió en un ámbito donde la cultura y la religión ejercían una fuerte impronta. Su madre, Julie, pertenecía a una familia con buen pasar económico e interesada por las artes. Su padre, Hermann, provenía de una familia judía de escasos recursos y educación. Desde pequeño, Kafka padeció problemas respiratorios que desembocaron en reiteradas tuberculosis, como la que lo llevó a la muerte, en Kierling, Austria, en 1924. Pero las enfermedades no eran lo único que perturbaba la calma de este muchacho con inclinaciones artísticas y una sensibilidad que quedaría expuesta en su célebre *Carta al padre*, de 1919. Su padre Hermann y su familia en general —que frecuentaban los círculos de la alta sociedad checa— no veían con buenos ojos las intenciones de Franz de dedicarse al mundo de las letras, y tampoco le hacían las cosas fáciles con respecto a sus matrimonios frustrados ni a su empleo en una compañía de seguros. Querían un hijo exitoso, fuerte y varonil, y en cambio debían conformarse con un muchacho sensible que logró doctorarse en derecho pero apenas podía enfrentar el mundo. Hermann tenía un negocio textil próspero y esperaba que su hijo se hiciera cargo, algo que Franz detestaba. La familia de Franz se completaba con otros cinco hermanos: Georg y Heinrich, que fallecieron a los quince y seis meses de edad, respectivamente, y Gabriele (1889-1941), Valerie (1890-1942) y Ottilie (1892-1943). Las tres hermanas de Franz Kafka murieron en los campos de concentración nazis.

Cursó sus estudios primarios en una escuela alemana y el secundario en el Instituto de Enseñanza Media Imperial Real, un instituto muy riguroso y tradicionalista. Paulatinamente fue dejando de lado su fervor religioso y en la adolescencia fue miembro de la "Escuela Libre", una institución anticlerical. Por esos años leía a Flaubert, Dickens, Cervantes y Goethe, pero también a Nietzsche, Darwin y Haeckel. Ya entonces escribía y notaba, con algo de vergüenza, que sus textos sobresalían por encima de los de sus compañeros. Su formación académica continuó con un fugaz paso por la universidad de Praga, donde estudió Química y, más tarde, Historia del Arte y Filología alemana. No continuó en ninguna de las dos, hasta que, por presión paterna, ingresó y se recibió en Derecho. Durante sus años de estudiante recibió la influencia de Alfred Weber, hermano de Max Weber y un destacado profesor que alertaba sobre los peligros de la sociedad industrial.

Activo miembro de los círculos culturales checos, Franz era un muchacho calmo, humilde y de carácter frío que se veía a sí mismo como alguien poco atractivo y de escaso valor intelectual. Ya con su título de Derecho, trabajó durante un año en los tribunales civiles y penales y luego como pasante en una agencia italiana de seguros de accidentes laborales. En 1908 ingresó en otra compañía de seguros en la cual trabajó hasta 1922. Este empleo, que para el padre de Franz era poco digno y no estaba a su altura, le permitía escribir la mayor parte del tiempo, a la vez que constituyó una de las mayores fuentes de inspiración para su obra. Ámbitos sórdidos donde el individuo es sólo un componente más de una intrincada red burocrática que lo tiene de rehén, constituyen, sin dudas, el gran tema de la literatura de Kafka.

La carrera literaria de Franz tomó envión a partir de 1912, cuando escribió *El juicio* y publicó *Contemplación*, un libro que contenía 18 relatos aparecidos previamente en diversos medios. En 1913 escribió *Consideración*; en 1914, una primera versión de *El proceso* y *En la colonia penitenciaria*; en 1915 concluyó su obra más reconocida: *La metamorfosis*. En 1919 terminó los relatos incluidos en *Un médico rural*. Para entonces la tuberculosis ya se había instalado en su organismo y lo obligaba a largos períodos de convalecencia. Antes había intentado formar una familia con Felice Bauer, con quien mantuvo una relación tormentosa entre 1913 y 1917. Aunque Franz le propuso matrimonio en varias ocasiones, nunca lo concretaron. Mientras tanto, vivió otra relación con Grete Bloch, con quien tuvo un hijo sin saberlo. Según Grete, Franz no hubiera podido soportar la presión de saberse padre en medio de una vida que se le presentaba tan difícil. Además, el niño, murió tempranamente. "No puedo hacerte comprender, ni a ti ni a nadie, lo que pasa en mi interior –dice en una carta a Milena Jesenskà, una escritora casada con quien tuvo un amorío–. ¿Cómo explicarte por qué me ocurre todo esto? Ni siquiera puedo explicármelo a mí mismo. Pero tampoco esto es lo principal, lo principal es muy claro: me es imposible vivir una vida humana entre los hombres".

Durante la Primera Guerra Mundial, Franz tuvo que hacerse cargo por fin del negocio familiar. Los problemas continuos y la pérdida de sus horas libres en el trabajo anterior lo alejaron de la escritura. Durante un año y medio no pudo escribir, situación que lo sumió en profundas depresiones y probablemente haya empeorado su delicada de salud. Tras enamorarse de Julie Wohryzek, tuvo una etapa de mejoría que se rompió en 1919, cuando esa relación llegó a su fin. Pasó gran parte de 1921 y 1922 internado en diferentes sanatorios. Volvió a escribir, pero la tuberculosis hacía estragos en su cuerpo. En julio de 1923 conoció a Dora Diamant, una joven periodista de 25 años con quien se trasladó a Berlín. Al cambiar de residencia su objetivo era alejarse de su familia y dedicarse a la literatura. También, como provenía de una familia de origen judío, Dora reavivó en Franz el interés por la religión. Ese período de su vida fue el último en el cual el escritor encontraría algo de sosiego. A fines de 1923 contrajo una pulmonía que lo obligó a retornar a Praga, a ponerse al cuidado de su familia. Como no respondía al tratamiento, fue internado en un sanatorio de Wiener Wald y, luego, a la clínica universitaria y al sanatorio Dr. Hoffmann de Kierling. Por esos días le pidió a su amigo Max Brod que destruyera todos sus textos. Franz Kafka falleció el 3 de junio de 1924.

A partir de su fallecimiento, su obra, que hasta entonces apenas había sido publicada y había suscitado poco interés, comenzó a circular con cada vez más fuerza en Europa. Max Brod desoyó la solicitud de su amigo y supervisó la publicación de la mayor parte de los escritos que tenía en su poder. Dora Diamant, por su parte, guardó otros textos que hasta el día de hoy permanecen desaparecidos, luego de que la policía nazi los confiscara en 1933. La difusión de la obra de Kafka fue adquiriendo cada vez mayor relevancia y lo convirtió en uno de los escritores más importantes del siglo XX.

La obra de Franz Kafka significa un hito en la literatura universal y suscitó el interés de Jorge Luis Borges, Albert Camus, Jean-Paul Sartre, Georges Bataille, W. Sebald, Vladimir Nabokov, Theodore Adorno, Walter Benjamin, Thomas Mann y J.M. Coetzee, entre otros. Movimientos filosóficos como el existencialismo y el marxismo, entre muchos otros, tomaron la obra de Kafka como bibliografía fundamental a la hora de denunciar una individualidad desesperada ante el sistema que rige el mundo.

Uno de los principales tópicos en la obra de Franz Kafka es la alienación del individuo, eje central de su nouvelle *La metamorfosis* pero también de varios de sus cuentos y de su novela inconclusa, *El proceso*. En muchos de sus textos, además, juega un papel preponderante el sometimiento del individuo a las reglas de la burocracia, la necesidad de ser funcional al sistema y la desazón que todo esto implica. En ese sentido, el relato "Ante la ley" aparece como una típica obra del pensamiento kafkiano. Toda su obra gira alrededor de temas vinculados entre sí por mostrar una existencia tortuosa, donde el individuo no es capaz de ejercer su libertad porque debe sumarse al orden establecido. Se trata, sin dudas, de una temática directamente relacionada con la vida de Kafka. En su obra aparecen padres que presionan a su hijo a hacerse cargo del peso de la familia, insatisfacción, presión por el matrimonio, falta de libertad, culpa y sometimiento del individuo a la maquinaria construida por la humanidad. Todos estos tópicos atravesaron, también, su propia vida; y es posible creer que Kafka escribía para exorcizar sus propios fantasmas. En ese sentido, su "Carta al padre" resulta un texto que ilumina aspectos de una vida que desembocó en la literatura.

Los textos que se presentan a continuación son los más representativos de su obra, como *La metamorfosis*, "Ante la ley", *En la colonia penitenciaria* y *La muralla china*. También se incluyen relatos cortos que dan cuenta del complejo y variado universo kafkiano. Todos ellos son, de una manera u otra, reflexiones sobre un mundo que ya entonces comenzaba a volverse hostil para el individuo: un mundo que no permite la libertad ni el gozo, sino que mantiene a raya cualquier intento de escape de quienes desean salir de los cánones establecidos por el poder. Era ése el gran sufrimiento de Franz Kafka, y sus textos lo sobrevivieron para demostrar que ya entonces tenía razón.

E. M.

La metamorfosis

(1915)

Una mañana, al despertar de un sueño intranquilo, Gregorio Samsa se despertó convertido en un insecto monstruoso. Se encontraba echado de espaldas sobre un duro caparazón y, al alzar la cabeza, descubrió su vientre convexo y oscuro, surcado por curvadas callosidades, sobre el que la frazada casi no se podía mantener y estaba a punto de escurrirse hasta el suelo. Numerosas patas, lastimosamente delgadas en comparación con el grosor normal de sus piernas, se agitaban de forma descontrolada.

—¿Qué me sucedió?

No estaba soñando. Su habitación, una habitación normal, aunque muy pequeña, tenía el aspecto de todos los días. Sobre la mesa había desparramado un muestrario de telas (Samsa era viajante de comercio), y de la pared colgaba una imagen que había recortado recientemente de una revista ilustrada y puesto en un marco dorado. La imagen mostraba a una mujer tocada con un gorro de pieles, envuelta en una estola también de pieles, y que, muy erguida, esgrimía una amplia manga, asimismo de piel, que ocultaba todo su antebrazo.

Gregorio miró hacia la ventana; estaba nublado, y sobre el cinc del alféizar repiqueteaban las gotas de lluvia, lo que le provocó una gran melancolía. «Bueno –pensó–; ¿y si siguiese durmiendo un rato y me olvidase de todas estas locuras?». Pero no era posible, pues Gregorio estaba acostumbrado a dormir sobre el lado derecho, y su actual estado no le permitía adoptar esa postura. Por más que se esforzara volvía a quedar de espaldas. Intentó en vano esta operación numerosas veces; cerró los ojos para no tener que ver aquella confusa agitación de patas, que no cesó hasta que notó en el costado un dolor leve y punzante, un dolor que jamás había sentido hasta ese momento.

–¡Qué agotadora es la profesión que he elegido! –se dijo–. Siempre de viaje. Las preocupaciones son mucho mayores cuando se trabaja fuera, por no hablar de las molestias propias de los viajes: estar pendiente de los enlaces de los trenes; la comida mala, irregular; relaciones que cambian constantemente, que nunca llegan a ser verdaderamente cordiales, y en las que no hay lugar para los sentimientos. ¡Al diablo con todo!

Sintió en el vientre una ligera picazón. Lentamente, se estiró sobre la espalda en dirección a la cabecera de la cama, para poder alzar mejor la cabeza. Vio que el sitio que le picaba estaba cubierto de extraños puntitos blancos. Intentó rascarse con una pata, pero tuvo que retirarla inmediatamente, pues el roce le producía escalofríos.

–Estoy atontado por madrugar tanto –se dijo–. No duermo lo suficiente. Otros viajantes viven mucho mejor. Cuando a media mañana regreso a la fonda para anotar los pedidos, los encuentro desayunando sentados cómodamente. Si yo, con el jefe que tengo, hiciese lo mismo, me despedirían de inmediato. Probablemente sería lo mejor que me podría pasar. Si no fuese por mis padres, ya hace tiempo que me hubiese marchado. Hubiera ido a ver al director y le habría dicho todo lo que pienso. Se caería de esa mesa sobre la que se sienta para, desde las alturas, hablar a los empleados que, como él es sordo, se ven obligados a acercarse mucho. Pero todavía no he perdido la esperanza. En cuanto haya reunido la cantidad necesaria para pagarle la deuda a mis padres –todavía faltan unos cinco o seis años–, me van a oír. Así será, pero por ahora debo levantarme, que el tren sale a las cinco.

Volvió los ojos hacia el despertador, que hacía tic tac sobre el baúl.

–¡Dios mío! –exclamó para sí.

Eran más de las seis y media y las agujas seguían avanzando con tranquilidad. En realidad, eran casi las siete menos cuarto. ¿Acaso no había sonado el despertador? Desde la cama se veía que estaba puesto a las cuatro; por tanto, tenía que haber sonado. Pero, ¿era posible seguir durmiendo a pesar de aquel sonido que hacía estremecer hasta los muebles? Su sueño no había sido tranquilo. Pero, por eso mismo, debía de haber dormido más profundamente sobre el final. ¿Qué podía hacer ahora? El tren siguiente salía a las siete; para tomarlo tendría que darse muchísima prisa. El muestrario no estaba aún empaquetado, y él mismo no se sentía nada dispuesto. Además, aunque alcanzase el tren, no evitaría la reprimenda del jefe, pues el mozo del almacén, que había acudido al tren a las cinco, debía de haber dado ya cuenta de su falta. El mozo era un esbirro del dueño, sin dignidad ni consideración. Y si dijese que estaba enfermo, ¿qué pasaría? Pero esto, además de ser muy penoso, despertaría sospechas, pues Gregorio, en los cinco años que llevaba empleado, no había estado nunca enfermo. Vendría el gerente con el médico del Montepío. Se desharía en reproches, delante de los padres, respecto a la holgazanería de Gregorio, y refutaría cualquier objeción con el dictamen del doctor, para quien todos los hombres están siempre sanos y sólo sufren de horror al trabajo. Y lo cierto es que, en este caso, su diagnóstico no habría sido del todo equivocado. Excepto por cierta somnolencia, que no tenía sentido después de un sueño tan prolongado, Gregorio se sentía francamente bien, además de muy hambriento.

Mientras pensaba atropelladamente, sin decidirse a levantarse, y justo en el momento en que el despertador daba las siete menos cuarto, llamaron a la puerta que estaba junto a la cabecera de la cama.

—Gregorio —dijo la voz de su madre—, son las siete menos cuarto. ¿No tenías que ir de viaje?

¡Qué voz tan dulce! En cambio, Gregorio se horrorizó al oír la suya propia, que sonaba igual que siempre, pero mezclada con un penoso y estridente silbido, en el cual las palabras, al principio claras, se confundían luego y sonaban de forma tal que uno no estaba seguro de haberlas oído. Gregorio hubiera querido dar una explicación detallada; pero, al oír su propia voz, se limitó a decir:

—Sí, sí. Gracias, madre. Ya me levanto.

A través de la puerta de madera, la transformación de la voz de Gregorio no debió notarse, pues la madre se tranquilizó con esta respuesta y se retiró. Sin embargo, este breve diálogo reveló que Gregorio, a diferencia de lo que se creía, aún permanecía en casa.

Llegó el padre a su vez y, golpeando ligeramente la puerta, llamó:

—¡Gregorio! ¡Gregorio! ¿Qué pasa?

Esperó un momento y volvió a insistir, alzando la voz:

—¡Gregorio!

Mientras tanto, detrás de la otra puerta, la hermana le preguntaba con suavidad:

—Gregorio, ¿no estás bien? ¿Necesitas algo?

—Ya estoy bien —respondió Gregorio a ambos al mismo tiempo, esforzándose por pronunciar con claridad, y hablando con lentitud para disimular el extraño sonido de su voz. El padre reanudó su desayuno, pero la hermana continuó susurrando:

—Abre, Gregorio, por favor.

Gregorio no tenía la menor intención de abrir. Por el contrario, se felicitó por la precaución —costumbre adquirida en los viajes— de encerrarse en su cuarto por la noche, incluso en su propia casa. Lo primero que tenía que hacer era levantarse tranquilamente, arreglarse sin que lo molestaran y, sobre todo, desayunar. Sólo después de llevar a cabo todo esto pensaría en lo demás, pues se daba cuenta de que en la cama no podía pensar con claridad. Recordaba haber sentido en más de una ocasión un vago malestar en la cama, producido, sin duda, por alguna postura incómoda que, una vez levantado, se disipaba rápidamente; y tenía curiosidad por ver desvanecerse paulatinamente sus imaginaciones de hoy. En cuanto al cambio de su voz, sólo se trataba del preludio de un resfriado, enfermedad profesional del viajante de comercio.

Apartar la frazada era tarea fácil. Era suficiente con arquearse un poco y la frazada caería por sí sola. Pero la dificultad estaba en la extraordinaria anchura de Gregorio. Para incorporarse, podía haber utilizado brazos y manos; pero, en su lugar, ahora tenía innumerables patas en continua agitación y no podía controlarlas. Y el caso es que quería incorporarse. Se estiraba, lograba por fin dominar una de sus patas; pero, mientras tanto, las demás proseguían su anárquica y penosa agitación.

«No es bueno haraganear en la cama», pensó Gregorio.

Primero intentó sacar la parte inferior del cuerpo. Pero dicha parte inferior –que no había visto todavía y que, por tanto, no podía imaginar con exactitud– resultó demasiado difícil de mover. Inició la operación muy despacio. Hizo acopio de energías y se arrastró hacia delante. Pero calculó mal la dirección, se dio un fuerte golpe contra los pies de la cama, y el dolor subsiguiente le reveló que la parte inferior de su cuerpo era quizá, en su nuevo estado, la más sensible. Intentó, pues, sacar la parte superior, y volvió cuidadosamente la cabeza hacia el borde del lecho. Llevó a cabo esta operación sin problemas y, a pesar de su anchura y su peso, el cuerpo siguió por fin, lentamente, el movimiento que había comenzado la cabeza. Pero entonces tuvo miedo de continuar avanzando de aquella forma, porque, si se dejaba caer así, sin duda se haría daño en la cabeza; y ahora menos que nunca quería Gregorio perder el sentido. Prefería quedarse en la cama; pero cuando, tras realizar a la inversa los mismos movimientos, en medio de grandes esfuerzos y jadeos, se halló de nuevo en la misma posición y volvió a ver sus patas moviéndose frenéticamente, comprendió que no podía hacer otra cosa, y volvió a pensar que no debía seguir en la cama y que lo más sensato era arriesgarlo todo, aunque sólo tuviera una mínima posibilidad. Recordó que meditar con calma era mejor que tomar decisiones drásticas. Sus ojos se clavaron en la ventana; pero, por desgracia, la niebla que aquella mañana ocultaba por completo el lado opuesto de la calle, le infundió pocos ánimos.

«Las siete ya –pensó al oír el despertador–. ¡Las siete ya, y todavía sigue la niebla!».

Durante unos momentos permaneció echado, inmóvil y respirando lentamente, como si esperase que el silencio le devolviera a su estado normal. Pero, al poco rato, pensó: «Antes de que den las siete y cuarto es indispensable que me haya levantado. Además, seguramente vendrá alguien del almacén a preguntar por mí, pues abren antes de las siete». Se dispuso a salir de la cama, balanceándose sobre su borde. Dejándose caer de esta forma, la cabeza, que pensaba mantener firmemente erguida, probablemente no sufriría daño ninguno. La espalda parecía resistente, y no le pasaría nada al dar con ella en la alfombra. Sólo dudaba por el temor al estrépito que esto produciría y que sin duda asustaría a su familia. Pero no quedaba más remedio que correr el riesgo.

Gregorio ya tenía casi medio cuerpo fuera de la cama (el nuevo método era como un juego, pues consistía simplemente en balancearse hacia atrás), cuando cayó en la cuenta de que todo sería muy sencillo si alguien viniese en su ayuda. Con dos personas robustas (pensaba en su padre y en la criada) sería suficiente. Sólo tendrían que pasar los brazos por debajo de su abombada espalda, sacarle de la cama y, agachándose luego con la carga, dejar que se estirara en el suelo, en donde era de suponer que las patas se mostrarían útiles. Ahora bien, y prescindiendo del hecho de que las puertas estaban cerradas con llave, ¿era conveniente pedir ayuda? Pese a lo comprometido de su situación, no pudo hacer otra cosa que sonreír. Había adelantado ya tanto, que un solo balanceo, algo más enérgico que los anteriores, bastaría para hacerle desplazar sobre el borde de la cama. Además pronto no le quedaría más remedio que tomar una decisión, pues sólo faltaban cinco minutos para las siete y cuarto. En ese momento llamaron a la puerta de la casa. «Debe ser alguien del almacén», pensó Gregorio, mientras sus patas se agitaban cada vez con mayor velocidad. Por un momento todo estuvo en silencio. «No abren», pensó entonces, aferrándose a tan descabellada esperanza. Pero, como no podía ser de otra manera, oyó aproximarse a la puerta las fuertes pisadas de la criada. Y la puerta se abrió. A Gregorio le bastó oír la primera palabra del visitante para percatarse de quién era. Era el gerente en persona. ¿Por qué estaría Gregorio condenado a trabajar en un sitio en el cual la más mínima ausencia despertaba inmediatamente las más terribles sospechas? ¿Es que los empleados eran todos unos sinvergüenzas? ¿Es que no podía haber entre ellos algún hombre de bien que, después de perder un par de horas en la mañana, se volviese loco de remordimiento y no estuviera en condiciones de abandonar la cama? ¿Es que no bastaba con mandar a un chico a preguntar (suponiendo que tuviese fundamento esa manía de averiguar), sino que tenía que venir el mismísimo gerente a enterar a una inocente familia de que sólo él tenía autoridad para intervenir en la investigación de tan grave asunto? Y Gregorio, excitado por estos pensamientos más que decidido a ello, se tiró violentamente de la cama. Se oyó un golpe sordo, pero no demasiado. La alfombra amortiguó la caída; la espalda tenía mayor elasticidad de lo que Gregorio había supuesto, y esto evitó que el ruido fuese tan estrepitoso como había temido. Pero no tuvo cuidado de mantener la cabeza suficientemente erguida; se lastimó y el dolor le hizo frotarla furiosamente contra la alfombra.

—Algo ha ocurrido ahí dentro —dijo el gerente en la habitación de la izquierda.

Gregorio intentó imaginar que al gerente pudiera sucederle algún día lo mismo que hoy a él, cosa ciertamente posible. Pero el gerente, como si respondiera con energía a esta suposición, dio unos cuantos pasos por el cuarto vecino, haciendo crujir sus zapatos de charol. Desde la habitación contigua de la derecha, la hermana susurró:

—Gregorio, aquí está el gerente del almacén.

—Ya lo sé —contestó Gregorio débilmente, sin atreverse a levantar la voz hasta el punto de hacerse oír por su hermana.

—Gregorio —dijo por fin el padre desde la habitación contigua de la izquierda—, ha venido el señor gerente y pregunta por qué no tomaste el primer tren. No sabemos qué decirle. Además, desea hablar personalmente contigo. De modo que haz el favor de abrir la puerta. El señor tendrá la bondad de disculpar el desorden del cuarto.

—¡Buenos días, señor Samsa! —terció entonces amablemente el gerente.

—No se encuentra bien —dijo la madre a este último mientras el padre continuaba hablando junto a la puerta—. Está enfermo, créame. ¿Cómo, si no, iba a perder el tren? Gregorio no piensa más que en el almacén. ¡Casi hasta me incomoda que no salga ninguna noche! Ahora, por ejemplo, ha estado aquí ocho días; pues bien, ¡no ha salido de la casa ni una sola noche! Se sienta con nosotros alrededor de la mesa, lee el periódico en silencio o estudia itinerarios. Su única distracción es la carpintería. En dos o tres tardes ha tallado un marquito. Cuando lo vea se asombrará; es hermoso. Está colocado en su cuarto; ahora lo verá en cuanto Gregorio abra. Por otra parte, me alegro de que usted haya venido, pues nosotros no hubiéramos podido convencer a Gregorio de que abra la puerta. ¡Es tan testarudo! Seguramente no se encuentra bien, aunque antes lo haya negado.

—Voy enseguida —dijo débilmente Gregorio, sin moverse para no perder palabra de la conversación.

—Seguro que es como usted dice, señora —respondió el jefe—. Espero que no sea nada serio. Aunque, por otra parte, debo decir que nosotros, los comerciantes, a menudo tenemos que saber afrontar ligeras indisposiciones, anteponiendo los negocios a todo lo demás.

—Bueno —dijo el padre, impacientándose y volviendo a llamar a la puerta; ¿puede entrar ya el señor?

—No —respondió Gregorio.

En la habitación de la izquierda se hizo un apenado silencio, y en la de la derecha comenzó a sollozar la hermana. ¿Por qué no iba a reunirse con los demás? Claro, recién se levantaba y ni siquiera habría empezado a vestirse. Pero, ¿por qué lloraba? Quizás porque el hermano no se levantaba, porque no abría la puerta, porque corría riesgo de perder su empleo, con lo cual el dueño volvería a atormentar a los padres con las viejas deudas. Pero, por el momento, estas preocupaciones no venían a cuento. Gregorio estaba allí, y no pensaba ni remotamente en abandonar a los suyos. Yacía sobre la alfombra, y nadie que conociera el estado en el que se encontraba hubiera pensado que podía hacer pasar a su jefe. Pero esta leve descortesía, que más adelante explicaría satisfactoriamente, no era razón suficiente para dejarlo sin empleo. Y Gregorio pensó que, por el momento, en vez de molestarlo con quejas y sermones era mejor que lo dejaran en paz. Pero la incertidumbre en que se hallaban con respecto a él era precisamente lo que inquietaba a los otros, disculpando su actitud.

—Señor Samsa —dijo, por fin, el gerente con voz engolada—, ¿qué significa esto? Se ha atrincherado usted en su cuarto y no contesta más que con monosílabos. Intranquiliza usted inútilmente a sus padres y, dicho sea de paso, falta a su obligación con el almacén de un modo inconcebible. Le hablo en nombre de sus padres y de la empresa, y le ruego encarecidamente una explicación urgente y clara. Estoy asombrado; yo lo consideraba un hombre formal y racional, y no entiendo estas extravagancias. La verdad es que el señor director me insinuó esta mañana una posible explicación de su ausencia: el cobro que se le encomendó que hiciese efectivo anoche. Yo dije que respondía personalmente que no había ni que pensar en tal posibilidad; pero por ahora, ante esta incomprensible actitud, no siento ya deseos de seguir intercediendo por usted. Su posición no es, desde luego, muy sólida. Mi intención era decirle todo esto a solas; pero como a usted al parecer no le importa hacerme perder el tiempo, no veo por qué no habrían de oírlo sus señores padres. Últimamente su trabajo ha dejado bastante que desear. Es verdad que no está en la época más propicia para los negocios; nosotros mismos lo reconocemos. Pero, señor Samsa, no hay época, no puede haberla, en que los negocios se paralicen.

–¡Ya voy! –gritó Gregorio fuera de sí, olvidándose, en su excitación, de todo lo demás–. Voy de inmediato. Una ligera indisposición me mantuvo en la cama. Todavía estoy acostado, pero ya me siento bien. Ahora mismo me levanto. ¡Un momento! Aún no me encuentro tan bien como creía. Pero estoy mejor. No entiendo cómo me ha podido ocurrir. Ayer me encontraba en perfecto estado. Mis padres lo saben. En realidad, ayer sentí los primeros síntomas. ¿Cómo no lo habrán notado? ¿Por qué no lo diría yo en el almacén? Uno siempre cree que se pondrá bien sin necesidad de quedarse en casa. ¡Por favor, tenga consideración de mis padres! No hay motivo para los reproches que me acaba de hacer; nunca me han dicho nada parecido. Sin duda, no ha visto usted los últimos pedidos que he transmitido. Además, saldré en el tren de las ocho. Con estas dos horas de descanso he recuperado las fuerzas. No se entretenga usted más. Enseguida voy al almacén. Explique allí esto, se lo suplico, y presente mis respetos al director.

Mientras decía atropelladamente todo esto, Gregorio, gracias a la habilidad adquirida en la cama, se acercó sin dificultad al baúl e intentó enderezarse apoyándose en él. Quería abrir la puerta, presentarse ante el gerente, hablar con él. Sentía curiosidad por saber lo que dirían cuando le viesen los que lo llamaban con tanta insistencia. Si se asustaban, no era culpa de él y no tenía nada que temer. Si, por el contrario, se quedaban tranquilos, tampoco él tenía motivo para excitarse, y podía, si se daba prisa, estar a las ocho en la estación. Varias veces resbaló contra las lisas paredes del baúl; pero, al fin logró incorporarse. El dolor en el abdomen, aunque intenso, no le preocupaba. Se dejó caer contra el respaldo de una silla cercana, a cuyos bordes se agarró fuertemente con sus patas. Logró calmarse, y calló para escuchar lo que decía el gerente.

—¿Han entendido una sola palabra? —preguntó el gerente a los padres—. ¿No se estará haciendo el loco?

—¡Por el amor de Dios! —exclamó la madre, llorando—. Quizás se encuentra muy mal y nosotros lo estamos mortificando —Y seguidamente llamó—: ¡Grete! ¡Grete!

—¿Qué quieres, madre? —contestó la hermana desde el otro lado de la habitación de Gregorio, a través de la cual hablaban.

—Tienes que ir en seguida a buscar al médico. ¡Gregorio está enfermo! Ve corriendo. ¿Has oído cómo hablaba?

—Es una voz de animal —dijo el gerente, que hablaba en voz muy baja, en comparación con los gritos de la madre.

—¡Ana! ¡Ana! —llamó el padre, volviéndose hacia la cocina a través del recibidor y dando palmadas—. Vaya inmediatamente a buscar un cerrajero.

Se oyó por el recibidor el rumor de las faldas de dos jóvenes que salían corriendo (¿cómo se habría vestido la hermana?), y el ruido brusco de la puerta del piso abrirse. Pero no se escuchó ningún portazo. Debían de haber dejado la puerta abierta, como suele suceder en las casas en donde ha ocurrido una desgracia.

Gregorio, sin embargo, estaba mucho más tranquilo. Sus palabras resultaban ininteligibles, aunque a él le parecían muy claras, más claras que antes, sin duda porque ya se le iba acostumbrando el oído; pero lo importante era que ya se habían percatado los demás de que algo anormal le sucedía y se disponían a acudir en su ayuda. Se sintió aliviado por la prontitud y energía con que habían tomado las primeras medidas. Se sintió nuevamente incluido entre los seres humanos, y esperaba tanto del médico como del cerrajero acciones insólitas y maravillosas. A fin de poder intervenir lo más claramente posible en las conversaciones decisivas que se avecinaban, carraspeó ligeramente; lo hizo muy levemente, por temor a que también este ruido sonase a algo que no fuese una tos humana, pues ya no tenía seguridad de poder apreciarlo. Mientras tanto, en la habitación contigua reinaba un profundo silencio. Tal vez los padres, sentados a la mesa con el gerente, estuvieran hablando en voz baja. Tal vez permanecieran pegados a la puerta, escuchando. Gregorio se deslizó lentamente con la silla hacia la puerta; al llegar allí, soltó la silla, se dejó caer contra la puerta y se sostuvo en pie, pegado a ella por la viscosidad de sus patas. Descansó así un momento del esfuerzo realizado. Luego intentó hacer girar la llave con la boca. Por desgracia, no parecía tener dientes propiamente dichos. ¿Con qué iba entonces a tomar la llave? Pero, en cambio, sus mandíbulas eran muy fuertes y, gracias a ellas, pudo poner la llave en movimiento, sin reparar en el daño que seguramente se hacía, pues un líquido oscuro le salió por la boca, resbalando por la llave y goteando hasta el suelo.

—Escuchen —dijo el gerente—; está girando la llave.

Estas palabras alentaron mucho a Gregorio. Pero todos, el padre, la madre, deberían haber gritado: «¡Adelante, Gregorio!». Sí, deberían haber gritado: «¡Adelante! ¡Duro con la cerradura!». Imaginando la ansiedad con que todos seguirían sus esfuerzos, mordió con desesperación la llave, desfallecido. A medida que la llave giraba en la cerradura, Gregorio se bamboleaba en el aire, colgando por la boca, forcejeando, empujando la llave hacia abajo con todo el peso de su cuerpo. El sonido metálico de la cerradura al abrirse le volvió completamente en sí. «Bueno —se dijo con un suspiro de alivio—; no ha sido necesario que viniera el cerrajero», y dio con la cabeza en el pestillo para acabar de abrir.

Su forma de abrir la puerta fue la causa de que no le viesen de inmediato. Gregorio tuvo que girar lentamente contra una de las hojas de la puerta, con gran cuidado para no caer de espaldas. Y aún estaba ocupado en llevar a cabo tan difícil operación, sin tiempo para pensar otra cosa, cuando oyó una exclamación del gerente que sonó como el aullido del viento, y lo vio, junto a la puerta, taparse la boca con la mano y retroceder como empujado por una fuerza invisible. La madre –que, a pesar de la presencia del gerente, estaba allí sin arreglar, con el pelo revuelto– miró a Gregorio, juntando las manos, avanzó luego dos pasos hacia él, y se desplomó por fin, en medio de sus faldas desplegadas a su alrededor, con la cabeza caída sobre su pecho. El padre amenazó con el puño, con expresión hostil, como si quisiera empujar a Gregorio hacia el interior de la habitación; se volvió luego, saliendo con paso inseguro al recibidor y, cubriéndose los ojos con las manos, rompió a llorar de tal modo que el llanto sacudía su pecho robusto.

Gregorio no llegó a salir de su habitación; permaneció apoyado en la hoja de la puerta, mostrando sólo la mitad de su cuerpo, con la cabeza ladeada, contemplando a los presentes. La lluvia había amainado, y al otro lado de la calle se recortaba nítido un trozo del edificio negruzco de enfrente. Era un hospital, y en su monótona fachada jalonaban numerosas ventanas idénticas. La lluvia caía ahora en goterones aislados, que se veían llegar claramente al suelo. Sobre la mesa estaban los utensilios del desayuno; para el padre, era la comida principal del día, que prolongaba con la lectura de varios periódicos. En la pared que Gregorio tenía enfrente colgaba un retrato de su padre durante el servicio militar, con uniforme de teniente, la mano en el puño de la espada, sonriendo sin preocupaciones, con un aire que parecía exigir respeto para su uniforme y su actitud. Esa habitación daba al recibidor; por la puerta abierta se veía la del piso, también abierta, el rellano de la escalera y el primer tramo de ésta que conducía a los pisos inferiores.

—Bueno —dijo Gregorio, convencido de ser el único que había conservado la calma—. Enseguida me visto, recojo el muestrario y me voy. Me permitirán salir de viaje, ¿verdad? Ya ve usted, señor gerente, que no soy testarudo y que trabajo con gusto. Viajar es agotador, pero yo no sabría vivir de otro modo.

¿Adónde va usted? ¿Al almacén? ¿Sí? ¿Lo contará todo tal como ha sucedido?

Uno puede tener un bajón momentáneo; pero es precisamente entonces cuando deben acordarse los jefes de lo útil que uno ha sido y pensar que, una vez superado el contratiempo, trabajará con redobladas energías. Yo, como usted bien sabe, le estoy muy agradecido al señor director. Por otra parte, tengo que atender a mis padres y a mi hermana. Es verdad que hoy me encuentro en un apuro, pero trabajando saldré bien de él. No me haga las cosas más difíciles de lo que están. Póngase de mi parte. Ya sé que al viajante no se lo quiere. Todos creen que gana el dinero a paladas, casi sin trabajar. No hay ninguna razón para que este prejuicio desaparezca; pero usted está más enterado de lo que son las cosas que el resto del personal, incluso que el propio director, que, en su calidad de propietario, se equivoca con frecuencia respecto a un empleado. Usted sabe muy bien que el viajante, como está fuera del almacén la mayor parte del año, es fácil blanco de habladurías, equívocos y quejas infundadas, contra las cuales no le es fácil defenderse, ya que la mayoría de las veces no llegan a sus oídos, y sólo al regresar reventado de un viaje empieza a notar directamente las consecuencias negativas de una acusación desconocida. No se vaya sin decirme algo que me pruebe que me da usted la razón, por lo menos en parte.

Pero, desde las primeras palabras de Gregorio, el gerente había dado media vuelta y le contemplaba por encima del hombro, con una mueca de repugnancia en el rostro. Mientras Gregorio hablaba, no permaneció un momento quieto. Se retiró hacia la puerta sin quitarle la vista de encima, muy lentamente, como si una fuerza misteriosa le retuviese allí. Llegó, por fin, al recibidor y dio los últimos pasos con tal rapidez que parecía que estuviera pisando brasas ardientes. Alargó el brazo derecho en dirección a la escalera, como si esperase encontrar allí milagrosamente la libertad. Gregorio comprendió que no debía permitir que el gerente se marchara de aquel modo, pues si no su puesto en el almacén estaba seriamente amenazado. Sus padres no lo veían tan claro como él, porque, con el transcurso de los años, habían llegado a pensar que la posición de Gregorio en aquella empresa era inamovible; además, con la inquietud del momento se habían olvidado de toda prudencia. Pero no así Gregorio, que se daba cuenta de que era indispensable retener al gerente y tranquilizarle. De ello dependía el porvenir de Gregorio y de los suyos. ¡Si al menos estuviera allí su hermana! Era muy lista; había llorado cuando Gregorio yacía aún tranquilamente sobre su espalda. Seguro que el gerente, hombre galante, se hubiera dejado convencer por la joven. Ella habría cerrado la puerta del piso y le habría tranquilizado en el recibidor. Pero no estaba su hermana, y Gregorio tenía que arreglárselas solo. Sin reparar en que todavía no conocía sus nuevas facultades de movimiento, y que lo más probable era que no lograse entender, abandonó la hoja de la puerta en que se apoyaba y se deslizó por el hueco formado al abrirse la otra con intención de avanzar hacia el gerente, que seguía cómicamente agarrado a la barandilla del rellano. Pero inmediatamente cayó al suelo, intentando con grandes esfuerzos sostenerse sobre sus innumerables y diminutas patas, profiriendo un leve quejido. Entonces se sintió, por primera vez en el día, invadido por un verdadero bienestar: las patitas, apoyadas en el suelo, le obedecían perfectamente. Con alegría, vio que empezaban a llevarle adonde deseaba ir, dándole la sensación de que sus sufrimientos habían concluido. Pero en el momento en que Gregorio empezaba a avanzar lentamente, balanceándose al ras de la tierra, no lejos y enfrente de su madre, ésta, pese a su desvanecimiento previo, dio de pronto un brinco y se puso a gritar, extendiendo los brazos con las manos abiertas: «¡Socorro! ¡Por el amor de Dios! ¡Socorro!». Inclinaba la cabeza como para ver mejor a Gregorio, pero de pronto, como para desmentir esta impresión, se desplomó hacia atrás cayendo sobre la mesa, y, ajena al hecho de que estaba aún puesta, quedó sentado en ella, sin darse cuenta de que a su lado el café salía de la cafetera volcada, derramándose sobre la alfombra.

—¡Madre! ¡Madre! —gimió Gregorio, mirándola desde el suelo. Por un momento se olvidó del gerente y no pudo evitar, ante el café derramado, que sus mandíbulas se abrieran y cerraran reiteradas veces. Su madre, gritando de nuevo y alejándose de la mesa, se lanzó en brazos del padre, que corrió a su encuentro.

Pero Gregorio ya no podía prestar atención a sus padres; el gerente se encontraba en la escalera y, con la barbilla apoyada sobre la baranda, dirigía una última mirada a aquella escena. Gregorio tomó impulso para darle alcance, pero el gerente debió comprender su intención, pues, de un salto, bajó varios escalones y desapareció, profiriendo unos alaridos que resonaron por toda la escalera. Para peor, la huida del jefe pareció trastornar por completo al padre, que hasta entonces se había mantenido el relativa calma; pues, en lugar de correr tras el fugitivo, o por lo menos permitir que así lo hiciese Gregorio, empuñó con la mano derecha el bastón del gerente —que éste no había recogido, como tampoco su sombrero y su gabán, olvidados en una silla— y, armándose con la otra mano de un gran periódico que había sobre la mesa, se dispuso, dando fuertes patadas en el suelo, esgrimiendo papel y bastón, a hacer retroceder a Gregorio hasta el interior de su cuarto. De nada le sirvieron a éste sus súplicas, que no fueron entendidas; y aunque inclinó sumiso la cabeza, sólo consiguió excitar aún más a su padre. La madre, a pesar del mal tiempo, había abierto una ventana y, violentamente inclinada hacia fuera, se cubría el rostro con las manos. Entre el aire de la calle y el de la escalera se estableció una fuerte corriente; las cortinas de la ventana se ahuecaron; los periódicos sobre la mesa se agitaron, y algunas hojas sueltas volaron por el suelo. El padre, inflexible, resoplaba violentamente, intentando hacer retroceder a Gregorio; pero éste carecía aún de práctica en la marcha hacia atrás, y su labor era muy lenta. ¡Si al menos hubiera podido moverse! En un santiamén se hubiese encontrado en su cuarto. Pero temía, con su lentitud en girar, impacientar a su padre, cuyo bastón podía romperle el lomo o abrirle la cabeza. Finalmente, sin embargo, no tuvo más remedio que volverse, pues advirtió contrariado que, caminando hacia atrás, no podía controlar la dirección. Así que, sin dejar de mirar con angustia a su padre, comenzó a girar lo más rápidamente que pudo, es decir, con extraordinaria lentitud. El padre debió percatarse de su buena voluntad, pues dejó de hostigarle, dirigiendo incluso de lejos, con la punta del bastón, el movimiento giratorio. ¡Si al menos hubiese dejado de resoplar! Esto era lo que más alteraba a Gregorio. Cuando ya iba a terminar el giro, aquel resoplido le hizo equivocarse, obligándole a retroceder poco a poco. Por fin logró ubicarse frente a la puerta, pero entonces recordó que su cuerpo era demasiado ancho para abrirse paso sin problemas. Al padre, en medio de su excitación, no se le ocurrió abrir la otra hoja para dejar espacio suficiente. Estaba obsesionado con la idea de que Gregorio debía meterse cuanto antes en su habitación. Tampoco hubiera permitido los lentos preparativos que Gregorio necesitaba para incorporarse y, de este modo, pasar por la puerta. Como si no hubiese problema alguno, azuzaba a Gregorio con furia creciente. Gregorio oía tras de sí una voz que parecía imposible que fuese la de un padre. Se incrustó en el marco de la puerta; se irguió de medio lado y quedó atravesado en el umbral, lastimándose el costado. En la puerta aparecieron unas manchas repulsivas. Gregorio quedó allí atascado, sin posibilidad de hacer el menor movimiento. Las patitas de uno de los lados colgaban en el aire, mientras que las del otro quedaban dolorosamente oprimidas contra el suelo... En esto, el padre le dio por detrás un empujón enérgico y salvador, que lo lanzó dentro del cuarto y lo hizo sangrar copiosamente. Luego, cerró la puerta con el bastón y por fin volvió a la calma.

Hasta la noche no despertó Gregorio de un sueño pesado, parecido a un desmayo. No habría tardado mucho en despabilarse por sí solo, pues ya había descansado lo suficiente, pero sintió que lo despertaban unos pasos furtivos y el ruido de la puerta del recibidor, que alguien cerraba con suavidad. El reflejo del tranvía proyectaba franjas de luz en el techo de la habitación y la parte superior de los muebles; pero de abajo, donde estaba Gregorio, reinaba la oscuridad. Lenta y todavía torpemente, tanteando con sus antenas, que en ese momento le mostraron su utilidad, se deslizó hacia la puerta para ver lo que había ocurrido. En su costado izquierdo había una larga y repugnante llaga. Rengueaba alternativamente sobre cada una de sus dos hileras de patas, una de las cuales, herida en el accidente de la mañana –sorprendentemente, las demás habían quedado ilesas–, se arrastraba sin vida.

Al llegar a la puerta, comprendió que lo que le había atraído era el olor de algo comestible. Encontró una cazuela llena de leche con azúcar, en la que flotaban pedazos de pan. Estuvo a punto de reír de gozo, pues tenía aún más hambre que por la mañana. Hundió la cabeza en la leche casi hasta los ojos; pero enseguida la retiró contrariado, pues no sólo la herida de su costado izquierdo le hacía dificultosa la operación (para comer debía mover todo el cuerpo), sino que, además, la leche, que hasta entonces había sido su bebida preferida –por eso, sin duda, su hermana la había puesto allí–, no le gustó nada. Se apartó casi con repugnancia de la cazuela y se arrastró de nuevo hacia el centro de la habitación. Por la rendija de la puerta vio la luz encendida en el comedor. Pero, a diferencia de siempre, no se oía al padre leer en voz alta a la madre y la hermana el diario de la tarde.

No se oía el menor ruido. Quizás esta costumbre, que su hermana siempre narraba en sus cartas, hubiese desaparecido. Todo estaba silencioso, pese a que, con seguridad, la casa no estaba vacía. «¡Qué vida tan tranquila lleva mi familia!», pensó Gregorio. Mientras su mirada se perdía en las sombras, sintió orgullo de haber proporcionado a sus padres y a su hermana una existencia tan pacífica, en un hogar tan acogedor. De pronto pensó con terror que aquella tranquilidad, aquel bienestar y aquella alegría iban a terminar... Para no abandonarse en estos pensamientos, prefirió ponerse en movimiento y comenzó a arrastrarse por la habitación.

Durante la noche se entreabrió una de las hojas de la puerta, y luego la otra: alguien quería entrar. Dándose cuenta de ello, Gregorio se ubicó contra la que daba al comedor, dispuesto a atraer hacia el interior al indeciso visitante, o por lo menos a averiguar quién era. Pero la puerta no volvió a abrirse y esperó en vano. Esa mañana, cuando estaba encerrado en su habitación, todos habían intentado entrar, y ahora que él había abierto una puerta y que la otra había sido también abierta, sin duda, durante el día, ya no venía nadie, y las llaves estaban puestas en la parte exterior de las cerraduras.

La noche estaba avanzada cuando se apagó la luz del comedor. Gregorio comprendió que sus padres habían permanecido despiertos hasta entonces. Oyó cómo se alejaban de puntillas. De seguro hasta la mañana no entraría nadie a ver a Gregorio: tenía tiempo de sobra para pensar en su futuro sin temor a ser importunado. Pero sintió miedo de aquella habitación fría y de techo alto, en donde permanecía echado de bruces. No entendía el motivo, puesto que era la suya, la habitación en que vivía desde hacía cinco años... De pronto y no sin algo de vergüenza, se metió debajo del sofá, en donde, a pesar de sentirse algo estrujado, por no poder levantar la cabeza, se encontró cómodo de inmediato, lamentando únicamente no poder introducirse allí por completo a causa de su excesiva corpulencia. Así permaneció toda la noche, sumido en una duermevela de la que le despertaba con sobresalto el hambre, y sacudido por preocupaciones y esperanzas no muy concretas, pero cuya conclusión era siempre la necesidad de tener calma y paciencia y de hacer lo posible para que su familia se hiciese cargo de la situación y no sufriera más de lo necesario.

Muy temprano, cuando apenas empezaba a clarear, Gregorio tuvo ocasión de poner en práctica sus resoluciones. Su hermana, ya casi arreglada, abrió la puerta que daba al recibidor y le buscó ansiosamente con la mirada. Al principio no lo vio; pero al descubrirlo debajo del sofá –¡en algún sitio había de estar! ¡No iba a haber volado!– se asustó tanto que, compulsivamente, volvió a cerrar la puerta. De inmediato se arrepintió de su reacción, pues volvió abrir y entró de puntillas, como si fuese la habitación de un enfermo grave o un extraño. Gregorio, asomando apenas la cabeza fuera del sofá, la observaba. ¿Se daría cuenta de que no había probado la leche y, comprendiendo que no había sido por falta de hambre, le traería alimentos más adecuados? Pero si no lo hacía, él preferiría morirse de hambre antes que pedírselo, pese a que sentía enormes deseos de salir de debajo del sofá y suplicarle que le trajese algo bueno de comer. Pero su hermana, asombrada, advirtió inmediatamente que la cazuela estaba intacta; únicamente se había vertido un poco de leche. La recogió, y se la llevó.

Gregorio sentía una gran curiosidad por ver lo que la bondad de su hermana le reservaba. A fin de ver cuál era su gusto, le trajo un surtido completo de alimentos y los extendió sobre un periódico viejo: legumbres de días atrás, medio podridas ya; huesos de la cena de la víspera, rodeados de blanca salsa cuajada; pasas y almendras; un trozo de queso que dos días antes Gregorio había descartado como incomible; un mendrugo de pan duro; otro untado con mantequilla, y otro con mantequilla y sal. Volvió a traer la cazuela, que por lo visto quedaba destinada a Gregorio, pero ahora llena de agua. Y por delicadeza (pues sabía que Gregorio no comería estando ella presente) se retiró cuanto antes y echó la llave, sin duda para que Gregorio comprendiese que nadie le iba a importunar. Al acercarse Gregorio a comer, sus antenas fueron sacudidas por una especie de vibración. Pero por otra parte, sus heridas debían de haberse curado ya, pues no sintió ninguna molestia, cosa que le sorprendió bastante. Recordó que hacía más de un mes se había cortado un dedo con un cuchillo y que el día anterior todavía le dolía. «¿Tendré menos sensibilidad que antes?», pensó, mientras probaba con fruición el queso, que fue lo que más le atrajo. Con gran avidez y llorando de alegría, devoró sucesivamente el queso, las legumbres y la salsa. En cambio, los alimentos frescos le disgustaron: su olor mismo le resultaba desagradable, hasta el punto de que separó de ellos las cosas que quería comer.

Hacía un buen rato que había terminado y permanecido estirado perezosamente en el mismo sitio, cuando la hermana, sin duda para darle tiempo a retirarse, empezó a girar lentamente la llave. A pesar de estar medio dormido, Gregorio se sobresaltó y corrió a ocultarse de nuevo debajo del sofá. Para permanecer allí, aunque sólo fue el breve tiempo que su hermana estuvo en el cuarto, tuvo que hacer esta vez gran esfuerzo de voluntad, pues, a consecuencia de la abundante comida, su cuerpo se había abultado lo suficiente como para que apenas pudiera respirar en aquel reducido espacio. Un tanto sofocado, contempló con los ojos desorbitados cómo su hermana, ajena a lo que le sucedía, barría no sólo los restos de la comida, sino también los alimentos que Gregorio no había tocado, como si ya no pudiesen aprovecharse. Y vio también cómo lo tiraba todo a un cubo, que cerró con una tapa de madera. Apenas se hubo marchado su hermana con el cubo, Gregorio salió de su escondrijo, se estiró y respiró profundamente. De esta manera recibió, día tras día, su comida: una vez por la mañana temprano, antes de que se levantaran sus padres y la criada, y otra después del almuerzo, mientras los padres dormían la siesta y la criada salía a algún recado al que la mandaba la hermana. Sin duda sus padres tampoco querían que Gregorio se muriese de hambre; pero tal vez no hubieran podido soportar el espectáculo de sus comidas, y era mejor que sólo tuvieran noticias de ellas a través de la hermana. Tal vez ella también quería ahorrarles un sufrimiento extra.

Gregorio no pudo averiguar con qué disculpas habían despedido la primera mañana al médico y al cerrajero. Como nadie le entendía, nadie pensaba, ni siquiera su hermana, que él pudiese entender a los demás. Tenía, pues, que contentarse, cuando su hermana entraba en su cuarto, con oírla gemir y lamentarse. Más adelante, cuando ella se hubo acostumbrado un poco a la nueva situación (desde luego no se podía esperar que se acostumbrase por completo), Gregorio empezó a notar en ella ciertos indicios de amabilidad. «Hoy sí que le ha gustado», decía, cuando Gregorio había apurado la comida; mientras que en el caso contrario, cada vez más frecuente, solía decir apenada: «Vaya, hoy lo ha dejado todo».

Aunque Gregorio no podía obtener directamente ninguna noticia, siempre estaba atento a lo que sucedía en las habitaciones contiguas, y en cuanto oía voces, corría hacia la puerta correspondiente y se pegaba a ella. Al principio todas las conversaciones se referían a él, aunque no claramente. Durante dos días, en todas las comidas se discutió lo que correspondía hacer en lo sucesivo. También fuera de las comidas se hablaba de lo mismo; ninguno de los miembros de la familia quería quedarse solo en casa, y como tampoco querían dejarla abandonada, siempre había por lo menos dos personas. Ya el primer día, la criada —de la que no sabían hasta qué punto estaba enterada de lo ocurrido— le había rogado a la madre que la despidiese en seguida, y al marcharse, un cuarto de hora después, dando las gracias efusivamente y sin que nadie se lo pidiese, juró solemnemente que no contaría nada a nadie.

La hermana tuvo que ayudar a cocinar a la madre, cosa que, en realidad, no le daba mucho trabajo, pues casi no comían. Gregorio los oía continuamente animarse en vano unos a otros a comer, siendo un «gracias, ya he comido bastante», u otra frase por el estilo, la respuesta invariable a estos requerimientos. Tampoco bebían casi nada. Con frecuencia preguntaba la hermana al padre si quería cerveza, ofreciéndose a ir a buscarla. El padre callaba, y entonces ella añadía que también podían mandar a la portera. Pero el padre respondía finalmente con una negativa tajante, y no se hablaba más del asunto.

Ya el primer día el padre planteó a la madre y a la hermana la situación económica de la familia y sus perspectivas futuras. De vez en cuando se levantaba de la mesa para buscar en su pequeña caja de caudales –salvada de la quiebra cinco años antes– algún documento o libro de notas. Se oía el chasquido de la complicada cerradura al abrirse o volverse a cerrar, después de que el padre hubiese sacado lo que buscaba.

Estas explicaciones constituyeron la primera noticia agradable que escuchó Gregorio desde su encierro. Siempre había creído que a su padre no le quedaba absolutamente nada del antiguo negocio. El padre nunca le había dado a entender que fuera de otro modo, aunque lo cierto era que Gregorio tampoco le había preguntado nada al respecto.

Por aquel entonces, Gregorio sólo se había preocupado de hacer lo posible para que su familia olvidara cuanto antes el revés financiero que los había hundido en la más completa desesperación. Por eso había comenzado a trabajar con tal ahínco, convirtiéndose en poco tiempo, de simple dependiente, en todo un viajante de comercio, con grandes posibilidades de ganar dinero, y cuyos éxitos profesionales se concretaban en sustanciosas comisiones entregadas a la familia ante el asombro y alegría de todos. Habían sido días felices, pero no se habían repetido, al menos con igual esplendor, pese a que Gregorio había llegado a ganar lo suficiente como para llevar por sí solo el peso de toda la casa. La costumbre, tanto en la familia, que recibía agradecida el dinero de Gregorio, como en éste, que lo entregaba con gusto, hizo que la sorpresa y alegría iniciales no volvieran a producirse con la misma intensidad. Sólo la hermana permaneció siempre estrechamente unida a Gregorio, y como, contrariamente a éste, era muy aficionada a la música y tocaba el violín con gran entusiasmo, Gregorio confiaba en poder mandarla al año siguiente al conservatorio, pese a los gastos que ello conllevaría, y a los que ya encontraría modo de hacer frente. Durante las breves estancias de Gregorio junto a los suyos, la palabra «conservatorio» se repetía con frecuencia en las charlas con la hermana, pero siempre como un hermoso sueño, en cuya realización no se podía ni soñar. Los padres no veían con agrado estos ingenuos proyectos; pero para Gregorio era un asunto muy serio, y tenía decidido anunciarlo solemnemente la noche de Navidad.

Estos pensamientos, ahora tan superfluos, se agitaban en su mente mientras, pegado a la puerta, escuchaba lo que hablaban en la habitación contigua. De cuando en cuando, la fatiga le impedía seguir escuchando, y dejaba caer cansado la cabeza sobre la puerta. Pero en seguida volvía a levantarla, pues incluso el levísimo ruido debido a este movimiento suyo, era oído por su familia, que enmudecía en el acto.

—¿Qué estará haciendo ahora? —decía el padre, sin duda mirando hacia la puerta.

Y, pasados unos momentos, se reanudaba la conversación interrumpida.

Así pudo enterarse Gregorio, con gran satisfacción —el padre se extendía en sus explicaciones, pues hacia tiempo que no se había ocupado de aquellos asuntos, y además la madre tardaba en entenderlos— que, a pesar de la desgracia les había quedado algún dinero; no mucho, desde luego, pero poco a poco había ido aumentando desde entonces, gracias a los intereses intactos. Además, el dinero que entregaba Gregorio todos los meses, quedándose para él únicamente una ínfima cantidad, no se gastaba por completo, y había ido formando un pequeño capital. Tras la puerta, Gregorio aprobaba con la cabeza, satisfecho de que existieran estas inesperadas reservas. Cierto que con ese dinero sobrante podría haber pagado poco a poco la deuda que su padre tenía con el dueño, y haberse visto libre de ella mucho antes; pero tal como estaban las cosas, era mejor así. Ahora bien, ese dinero era del todo insuficiente para permitir a la familia vivir de él; todo lo más bastaría para uno o dos años, pero no para más tiempo. Por tanto, era un capital que no se debía tocar, pues convenía conservarlo para caso de necesidad. El dinero para ir viviendo había que ganarlo. Pero el padre, aunque estaba bien de salud, era ya viejo y llevaba cinco años sin trabajar; por tanto no se podía contar con él: en los últimos cinco años, los primeros de descanso en su vida laboriosa, aunque fracasada, había engordado mucho y se había vuelto lento y pesado. ¿Y cómo podría trabajar la madre, que padecía de asma, que se fatigaba con sólo andar un poco por casa y continuamente tenía que tumbarse en el sofá, con la ventana abierta de par en par, porque le daban ahogos? ¿Tendría, entonces, que trabajar la hermana, una niña de diecisiete años, cuya envidiable existencia había consistido, hasta el momento, en ocuparse de sí misma, dormir cuanto quería, ayudar en las tareas de la casa, participar en alguna sencilla diversión y, sobre todo, tocar el violín?

En cuanto la conversación derivaba hacia la necesidad de ganar dinero, Gregorio se apartaba de la puerta y, trastornado por la pena y la vergüenza, se metía bajo el fresco sofá de cuero. A menudo pasaba allí toda la noche en vela, arañando el cuero hora tras hora. A veces llevaba a cabo el extraordinario esfuerzo de empujar el sillón hasta la ventana y, agarrándose al alféizar, permanecía de pie en el asiento y apoyado en la ventana, sumido en sus recuerdos, pues antes solía asomarse a menudo a aquella ventana.

Poco a poco empezó a ver con menos claridad. Ya no distinguía el hospital de enfrente, cuya vista tanto le desagradaba; y de no haber sabido que vivía en una calle en plena ciudad, aunque tranquila, hubiera podido creer que su ventana daba a un desierto, en el cual se confundían el cielo y la tierra, igualmente grises. Sólo dos veces vio la hermana, siempre atenta, que el sillón se encontraba junto a la ventana. Y ya, al arreglar la habitación, aproximaba ella misma el sillón. Más aún: dejaba abiertos los primeros dobles cristales. Si al menos hubiera podido Gregorio hablar con su hermana; de haberle podido dar las gracias por cuanto hacía por él, le hubieran resultado más leves las molestias que ocasionaba, y que de este modo tanto le hacían sufrir. Sin duda, su hermana hacía lo posible para atenuar lo doloroso de la situación y, a medida que transcurría el tiempo, iba consiguiéndolo mejor, como es natural. Pero también Gregorio, a medida que pasaban los días, tenía más clara la situación. Ahora, las visitas de su hermana eran para él algo terrible. En cuanto entraba en la habitación, y sin cerrar siquiera previamente las puertas, como antes, para ocultar a todos la vista del cuarto, iba corriendo hacia la ventana y la abría bruscamente, como si estuviese a punto de asfixiarse; y hasta cuando el frío era intenso, permanecía allí un rato respirando ansiosamente. Este ajetreo asustaba a Gregorio dos veces al día; aunque convencido de que ella le hubiera evitado esas molestias, de haber podido permanecer en la habitación con las ventanas cerradas, Gregorio se quedaba temblando debajo del sofá todo el tiempo que duraba la visita.

Un día –ya había transcurrido un mes desde la metamorfosis, así que no tenía por qué sorprenderse del aspecto de Gregorio– su hermana entró algo más temprano que de costumbre y se lo encontró mirando inmóvil por la ventana. No le hubiera extrañado a Gregorio que su hermana no entrase, pues tal como estaba le impedía abrir la ventana. Pero no sólo no entró, sino que retrocedió y cerró la puerta rápidamente: quien la hubiera visto reaccionar de esa forma hubiera creído que Gregorio se disponía a atacarla.

Gregorio se metió inmediatamente debajo del sofá; pero hasta el mediodía su hermana no volvió, más intranquila que de costumbre. Este incidente le hizo comprender que su vista seguía resultándole insoportable a la hermana, que sólo gracias a un esfuerzo de voluntad evitaba echar a correr al divisar la pequeña parte del cuerpo que sobresalía por debajo del sofá. Con objeto de ahorrarle por completo su visión, llevó un día sobre su espalda –trabajo para el cual precisó de cuatro horas– una sábana hasta el sofá, y la puso de modo que le tapara por completo y que su hermana no pudiese verle por mucho que se agachase.

De no haberle parecido oportuna esa medida, ella misma hubiera retirado las sábanas, pues era fácil comprender que, para Gregorio, no era nada agradable estar aislado. Pero su hermana dejó las sábanas como estaban, y Gregorio, cuando levantó con cautela utilizando la cabeza la punta de ésta, para ver como era acogida la nueva disposición, creyó adivinar en la joven una mirada de gratitud.

Durante las dos primeras semanas, sus padres no quisieron a entrar a verlo. A menudo los oyó elogiar el comportamiento de la hermana, cuando hasta entonces solían, por el contrario, considerarla poco menos que una inútil. Los padres solían esperar ante la habitación de Gregorio mientras la hermana la arreglaba, y en cuanto salía le pedían que les contara cómo estaba el cuarto, qué había comido Gregorio, cuál había sido su actitud y si daba señales de mejoría.

La madre había querido visitar a Gregorio de inmediato, pero el padre y la hermana la habían hecho desistir con argumentos que Gregorio escuchó con atención y con los cuales estuvo de acuerdo. Más adelante debieron impedírselo por la fuerza, y cuando exclamaba: «¡Déjenme entrar a ver a Gregorio! ¡Pobre hijo mío! ¿No entienden que necesito verlo?», Gregorio pensaba que tal vez fuera mejor que su madre entrase, no todos los días, pero sí, por ejemplo, una vez a la semana: ella era mucho más comprensiva que la hermana, quien, pese a su indudable valor, al fin y al cabo no era más que una niña, que quizás sólo por inconsciencia de la juventud había asumido una tarea tan penosa.

No tardó en cumplirse el deseo de Gregorio de ver a su madre. Durante el día, por consideración a sus padres, no se asomaba a la ventana, y en los dos metros cuadrados de suelo libre de su habitación casi no podía moverse. Descansar tranquilo le resultaba ya difícil durante la noche. La comida pronto dejó de causarle placer, y para distraerse empezó a trepar zigzagueando por las paredes y el techo. En el techo era donde más a gusto se encontraba: aquello era mucho mejor que estar echado en el suelo; respiraba mejor, y se estremecía con una suave vibración. Un día, Gregorio, casi feliz y despreocupado, se desprendió del techo, con gran sorpresa suya, y se estrelló contra el suelo. Sin embargo su cuerpo se había vuelto más resistente y, pese a la fuerza del golpe, no se lastimó.

Su hermana advirtió inmediatamente el nuevo entretenimiento de Gregorio —tal vez dejase al trepar un leve rastro de baba—, y quiso hacer todo lo posible para facilitarle su actividad, quitando los muebles que le estorbaban, sobre todo el baúl y el escritorio. No podía hacerlo sola y tampoco se atrevía a pedir ayuda al padre; con la criada no podía contar, pues la buena mujer, de unos sesenta años, aunque se había mostrado muy animosa desde la despedida de su antecesora, había rogado que le dejaran tener siempre cerrada la puerta de la cocina, y no abrirla excepto cuando la llamasen. Por tanto, la única posibilidad era pedir ayuda a la madre en ausencia del padre.

La madre acudió eufórica, pero se quedó muda al llegar a la puerta. La hermana comprobó que todo estuviera en orden, y sólo entonces la hizo pasar. Gregorio había bajado la sábana más que de costumbre, de modo que formara abundantes pliegues y pareciera que estaba allí por causalidad. En esta ocasión no atisbó por debajo; renunció al ver a su madre, feliz de que por fin hubiese entrado a su habitación.

—Pasa, no se lo ve —dijo la hermana, que con seguridad llevaba a la madre de la mano.

Gregorio oyó a las dos frágiles mujeres mover el viejo y pesado baúl; la hermana, animosa como siempre, hacía la mayor parte del esfuerzo, sin hacer caso de las advertencias de la madre, que tenía miedo de que se fatigara excesivamente.

Al cabo de un cuarto de hora, la madre dijo que era mejor dejar el baúl donde estaba, en primer lugar porque era muy pesado y no acabarían antes del regreso del padre; además, al estar en medio de la habitación, el baúl le impediría el paso a Gregorio; por último, quizás a Gregorio no le agradara que se retirasen los muebles, sino todo lo contrario. Ver las paredes desnudas la deprimía. ¿Por qué no iba a sentir Gregorio lo mismo, acostumbrado desde hacía tiempo a los muebles de su cuarto? ¿No se sentiría como abandonado en la habitación vacía?

—Al quitar los muebles —continuó en voz muy baja, casi en un susurro, como si quisiese evitar a Gregorio, que no sabía exactamente dónde se encontraba, hasta el sonido de su voz, pues estaba convencida de que no entendía las palabras—, ¿no parecerá que abandonamos toda esperanza de mejoría y que lo dejamos a su suerte? Yo creo que lo mejor sería dejar el cuarto igual que antes, para que Gregorio, cuando vuelva a ser uno de nosotros, lo encuentre todo como estaba y pueda olvidar más fácilmente este paréntesis.

Al oír estas palabras de la madre, Gregorio comprendió que la falta de toda relación humana directa, unida a la monotonía de su nueva vida, debía de haber trastornado su mente en aquellos dos meses, pues de otro modo no podía explicarse su deseo de que vaciaran la habitación. ¿Es que realmente deseaba que aquella confortable habitación se convirtiese, con sus muebles familiares, en un desierto en el cual hubiera podido, es verdad, trepar en todas las direcciones sin obstáculos, pero donde en poco tiempo hubiera olvidado por completo su pasada condición humana? De hecho, ya estaba a punto de olvidarla, y únicamente la voz de su madre, que no oía hacía tiempo, le había hecho reaccionar. No, no había que quitar nada; todo tenía que quedar como antes; no podía prescindir de la benéfica influencia que los muebles ejercían sobre él, aunque coartaran su libertad de movimientos, lo cual, en todo caso, antes que un perjuicio, debía considerarlo una ventaja.

Desgraciadamente, su hermana no era de esta opinión, y como se había acostumbrado —no sin motivo— a considerarse la experta de la familia en lo que a Gregorio se refería, rebatió los argumentos de su madre y declaró que no sólo debían sacar de la habitación el baúl y el escritorio, como al principio habían pensado, sino también todos los demás muebles, con excepción del sofá, que era indispensable. Su actitud no era fruto de la mera testarudez juvenil ni de la suya propia, adquirida de modo tan repentino en los últimos tiempos: había observado que Gregorio, además de necesitar mucho espacio para arrastrarse y trepar, no utilizaba los muebles en lo más mínimo. Quizás, con el entusiasmo propio de su edad y deseosa de mostrarse útil, también buscaba inconscientemente que la situación de Gregorio se volviera aún más drástica, a fin de poder hacer por él más de lo que hacía. Pues en un cuarto en el cual Gregorio estuviera completamente solo entre las paredes desnudas, seguramente nadie se atrevería a entrar, a excepción de Grete. La madre no logró, entonces, hacerla cambiar de idea, y como en aquel cuarto sentía una gran desazón, tardó en callarse y en ayudar a la hermana, con todas sus fuerzas, a sacar el baúl. Gregorio podía prescindir de él, si no había más remedio; pero el escritorio tenía que quedarse allí.

Apenas las dos mujeres, jadeando y arrastrando el baúl con esfuerzo, hubieron abandonado el cuarto, Gregorio sacó la cabeza de debajo del sofá para estudiar la forma de intervenir con la mayor delicadeza y el máximo de precauciones. Por desgracia, su madre fue la primera en volver, mientras Grete, en la habitación de al lado, todavía forcejeaba con el baúl, aunque sin lograr cambiarlo de sitio. La madre no estaba acostumbrada a ver a su hijo y la impresión podía ser muy fuerte, por lo que Gregorio, asustado, retrocedió rápidamente hasta el otro extremo del sofá; pero no pudo evitar que la sábana que le ocultaba se moviese ligeramente, lo cual bastó para llamar la atención. La madre se detuvo de golpe, permaneció sin saber qué hacer por un instante y, por fin, volvió junto a Grete.

Aunque Gregorio se decía que no iba a ocurrir nada del otro mundo, y que sólo unos muebles serían cambiados de sitio, aquel ajetreo de las mujeres y el ruido de los muebles al ser arrastrados le causaron una gran desazón. Encogiendo cuanto pudo la cabeza y las piernas, aplastando el vientre contra el suelo, se confesó a sí mismo que no podría soportarlo mucho tiempo.

Estaban vaciando su cuarto, quitándole cuanto amaba: se habían llevado el baúl en el que guardaba la sierra y las demás herramientas, y ahora estaban moviendo el escritorio, sólidamente asentado en el suelo, en el cual, cuando estudiaba la carrera de comercio e incluso cuando iba a la escuela, había hecho sus ejercicios. No tenía un minuto que perder para neutralizar las buenas intenciones de su madre y su hermana, cuya existencia, por lo demás, casi había olvidado, pues, rendidas de cansancio, trabajaban en silencio y sólo se oía el rumor de sus pasos cansinos.

Mientras las dos mujeres, en la habitación contigua, se recostaban un momento en el escritorio para tomar aliento, Gregorio salió de repente de su escondrijo, cambiando de trayectoria hasta cuatro veces: no sabía por dónde empezar. En esto, le llamó la atención, en la pared ya desnuda, el retrato de la mujer envuelta en pieles. Trepó precipitadamente hasta allí y se agarró al cristal, cuyo frío contacto calmó el ardor de su vientre. Al menos esta estampa, que su cuerpo cubría ahora por completo, no se la quitarían. Volvió la cabeza hacia la puerta del comedor, para ver a las mujeres cuando entrasen. Éstas casi no se concedieron descanso, pues enseguida estuvieron allí de nuevo; Grete rodeaba a la madre con el brazo, casi sosteniéndola.

—¿Qué nos llevamos ahora? —preguntó Grete mirando a su alrededor.

En esto, su mirada se cruzó con la de Gregorio, pegado a la pared. Grete logró dominarse únicamente a causa de la presencia de la madre; se inclinó hacia ésta, para impedir que viera a Gregorio, y, aturdida y temblorosa, dijo:

—Ven, vamos un momento al comedor.

Para Gregorio, las intenciones de Grete estaban claras: quería poner a salvo a la madre, y después echarle de la pared. ¡Que lo intentase si se atrevía! Él continuaba agarrado a su estampa, y no cedería. Prefería saltarle a Grete a la cara. Pero las palabras de Grete sólo habían logrado inquietar a la madre. Ésta se echó a un lado, vio aquella enorme mancha oscura sobre la empapelada pared y, antes de poder darse siquiera cuenta de que aquello era Gregorio, gritó con voz aguda:

—¡Dios mío! ¡Dios mío!

Se desplomó sobre el sofá, con los brazos extendidos, como si sus fuerzas la abandonasen, quedando allí sin movimiento.

Y se desmayó.

—Gregorio —exclamó la hermana con el puño en alto y la mirada de reprobación.

Era la primera vez que le hablaba directamente después de la metamorfosis. Grete fue a la habitación contigua, en busca de algo que dar a la madre para reanimarla. Gregorio hubiera querido ayudarla —para salvar el cuadro había tiempo—, pero estaba pegado al cristal, y tuvo que desprenderse de él de un brusco tirón. Luego corrió a la habitación contigua, como si aún pudiese, igual que antes, dar algún consejo a su hermana. Pero tuvo que contentarse con permanecer quieto detrás de ella. Grete estaba rebuscando entre diversos frascos; al volverse, se asustó, dejó caer al suelo la botellita, que se rompió, y un fragmento hirió a Gregorio en la cara, salpicándosela de un líquido corrosivo. Grete, sin detenerse, cogió tantos frascos como pudo y entró en el cuarto de Gregorio, cerrando tras de sí la puerta con el pie. Gregorio se encontró, pues, completamente separado de la madre, la cual, por culpa suya, se hallaba tal vez en peligro de muerte. No podía entrar sin echar de allí a su hermana, cuya presencia junto a la madre era necesaria; por tanto, no tenía más remedio que esperar.

Alterado por el remordimiento y la inquietud, comenzó a trepar por las paredes, los muebles y el techo hasta que se sintió mareado y se dejó caer con desesperación encima de la mesa. Pasó un rato. Gregorio yacía extenuado; en la casa reinaba el silencio, lo cual era tal vez buena señal. Llamaron. La criada estaba, como siempre, en la cocina, y Grete tuvo que salir a abrir. Era el padre.

—¿Qué ha pasado?

Éstas fueron sus primeras palabras. La expresión de Grete se lo había revelado todo. Grete ocultó su cara en el pecho del padre, y dijo ahogadamente:

—Madre se ha desmayado, pero ya está mejor. Gregorio se ha escapado.

—Lo sabía —dijo el padre—. Se los advertí; pero ustedes, las mujeres, nunca hacen caso.

Gregorio comprendió que el padre había malinterpretado el comentario de Grete y seguramente creía que él había hecho algo malo. Por tanto, debía apaciguar a su padre, pues no tenía tiempo ni forma de aclararle lo ocurrido. Se lanzó hacia la puerta de su habitación, aplastándose contra ella, para que su padre, en cuanto entrase, comprendiese que tenía intención de regresar inmediatamente a su cuarto, y no hacía falta empujarlo hacia dentro, sino que bastaba con abrirle la puerta para que entrase en el acto.

Pero el padre no estaba en condiciones de captar estas sutilezas.

—¡Ah! —exclamó con un tono a la vez furioso y amenazador. Gregorio apartó la cabeza de la puerta y la dirigió hacia su padre. En los últimos tiempos, ocupado por completo en perfeccionar su técnica de trepar por las paredes, había dejado de preocuparse como antes de lo que sucedía en la casa; por tanto, debía haber imaginado que iba a encontrar las cosas muy cambiadas.

Sin embargo, ¿era aquél realmente su padre? ¿Era el mismo hombre que, antes, cuando Gregorio salía en viaje de negocios, se quedaba fatigado en la cama? ¿Era el mismo hombre que, al regresar Gregorio a la casa, se encontraba en bata, hundido en su sillón, y que, sin fuerzas para levantarse, se limitaba a levantar los brazos en señal de alegría? ¿Era el mismo hombre que, en los raros paseos en común, algunos domingos u otros días festivos, entre Gregorio y la madre, cuyo paso lento se volvía aún más pausado, avanzaba envuelto en su viejo gabán, apoyándose cuidadosamente en el bastón, y que solía pararse cada vez que quería decir algo, obligando a los demás a detenerse a su alrededor?

Ahora, sin embargo, aparecía firme y erguido, con un severo uniforme azul con botones dorados, como el que suelen llevar los ordenanzas de los Bancos. Del rígido cuello alto sobresalía la papada; bajo las pobladas cejas, los ojos negros destellaban con una mirada vivaz y alerta, y el cabello blanco, hasta entonces siempre en desorden, estaba reluciente y peinado con una raya impecable. Tiró sobre el sofá la gorra, que llevaba una insignia dorada —probablemente la de algún Banco— y, dando un rodeo, fue hacia Gregorio con expresión hostil, con las manos en los bolsillos del pantalón y los largos faldones de su uniforme de levita recogidos hacia atrás. El padre no sabía lo que iba a hacer; al caminar levantaba los pies a una altura desusada, y Gregorio quedó asombrado del enorme tamaño de sus suelas. Sin embargo, no se revolvió, pues ya sabía, desde el primer día de su vida, que cabía esperar de su padre el máximo rigor con respecto a él. Echó a correr delante de su padre, deteniéndose cuando éste lo hacía y corriendo de nuevo en cuanto le veía hacer un movimiento. Dieron varias veces la vuelta a la habitación, sin que pasara nada y sin que esto, debido a las dilatadas pausas, tuviese siquiera el aspecto de una persecución. Gregorio optó por permanecer en el suelo: temía que su padre interpretase su huida por las paredes o por el techo como un gesto malévolo. Gregorio no tardó en comprender que aquella situación no podía prolongarse, pues mientras su padre daba un paso él tenía que llevar a cabo un sinfín de movimientos, y ya empezaba a jadear. Aunque lo cierto era que tampoco en su estado anterior podía confiar mucho en sus pulmones.

Se estremeció, intentando hacer acopio de energías para emprender nuevamente la huida. Apenas si podía tener los ojos abiertos; estaba tan aturdido que no pensaba más que en seguir corriendo, olvidando la posibilidad de trepar por las paredes; aunque lo cierto era que estaban atestadas de muebles tallados de peligrosos ángulos y picos. De pronto, algo diestramente lanzado cayó a su lado y rodó ante él; era una manzana, a la que inmediatamente siguió otra. Gregorio, atemorizado, no se movió; era inútil que siguiera corriendo, puesto que su padre le estaba bombardeando. Se había llenado los bolsillos con las manzanas del frutero que estaba sobre el aparador, y se las lanzaba una tras otra, aunque sin acertarle por el momento. Las rojas manzanas rodaban por el suelo, como electrizadas, tropezando unas con otras. Una de ellas, lanzada con mayor precisión, rozó la espalda de Gregorio, pero no le hizo daño. En cambio, la siguiente le dio de lleno. Gregorio intentó correr, como si pudiese liberarse del insoportable dolor cambiando de sitio; pero era como si le hubieran clavado donde estaba, y quedó allí indefenso, sin noción de cuanto sucedía a su alrededor.

Con el último resto de conciencia vio abrirse bruscamente la puerta de su habitación y a su madre corriendo en camisa —pues Grete la había desnudado para hacerla volver en sí— delante de la hermana, que gritaba; luego vio a la madre lanzándose hacia el padre, para por fin llegar a los tumbos junto a su marido y abrazarse a él... Y Gregorio, con la vista ya nublada, oyó por último cómo su madre, echando los brazos al cuello del padre, le suplicaba que no matase a su hijo.

Aquella grave herida, que tardó más de un mes en curar –nadie se atrevió a quitarle la manzana, que quedó, pues, incrustada en su carne como testimonio ostensible de lo ocurrido–, pareció recordar, incluso al padre, que Gregorio, pese a su aspecto repulsivo actual, era un miembro de la familia, a quien no se debía tratar como a un enemigo, sino, por el contrario, con la máxima consideración, y que era un elemental deber de familia sobreponerse a la repugnancia y resignarse.

Aun cuando a causa de su herida se había mermado, quizás para siempre, su capacidad de movimiento; aun cuando ahora necesitaba, como un viejo tullido, varios e interminables minutos para cruzar su habitación y no podía ni soñar en volver a trepar por las paredes, Gregorio tuvo, con aquel empeoramiento de su estado, una compensación que le pareció suficiente: por la tarde, la puerta del comedor, en la que tenía puestos fijos los ojos desde hacía una o dos horas antes, se abría, y él, echado en su cuarto a oscuras, invisible para los demás, podía observar a su familia en torno a la mesa iluminada y oír sus conversaciones con la aprobación general. Claro que dichas conversaciones no eran, ni mucho menos, las animadas charlas de otros tiempos, que Gregorio añoraba –durante sus viajes– en los cuartuchos de las fondas, al dejarse caer exhausto sobre las húmedas sábanas de una cama extraña. Ahora, las veladas eran casi siempre monótonas y tristes.

Poco después de cenar, el padre se dormía en su sillón, y la madre y la hermana se hacían mutuas señas de silencio. La madre, inclinada muy cerca de la luz, cosía lencería para una tienda, y la hermana, que se había colocado de dependienta, estudiaba por las noches estenografía y francés, con miras a conseguir un puesto mejor que el actual. De vez en cuando el padre despertaba y, como si no se diese cuenta de haber dormido, la decía a la madre: «¡No haces más que coser!» Y volvía a dormirse en seguida, mientras la madre y la hermana, rendidas de cansancio, cambiaban una sonrisa. El padre se negaba obstinadamente a quitarse, ni siquiera en casa, su uniforme de ordenanza. Y mientras su bata, ya inútil, colgaba de la percha, dormitaba totalmente uniformado, como si quisiera estar siempre preparado y esperase oír incluso en la casa la orden de algunos de sus jefes. De este modo el uniforme, que al principio no era nuevo, se fue ajando rápidamente, a pesar de los cuidados de la madre y la hermana.

Gregorio a menudo se pasaba horas enteras contemplando aquel traje lustroso, lleno de manchas, pero con los botones dorados siempre relucientes, dentro del cual su padre dormía incómodo pero tranquilo. A las diez, la madre intentaba despertar al padre para convencerle de que se acostara y durmiera como es debido, cosa que él tanto necesitaba, puesto que entraba a trabajar a las seis. Pero el padre, con la obstinación que le caracterizaba desde que era ordenanza, insistía en permanecer más tiempo en la mesa, pese a que se dormía invariablemente y pese al gran trabajo que costaba hacerle cambiar el sillón por la cama. Sordo a los argumentos de la madre y la hermana, seguía allí con los ojos cerrados dando cabezadas. La madre le tiraba de la manga, diciéndole al oído palabras cariñosas; la hermana interrumpía su tarea para ayudarla. Pero no servía de nada, pues el padre se hundía aún más en su sillón y no abría los ojos hasta que las dos mujeres le asían por debajo de los brazos. Entonces las miraba a una tras otra, y solía exclamar:

—¡Vaya vida! ¿Ni siquiera los últimos años voy a poder estar tranquilo?

Y penosamente, como si llevara una pesada carga, se ponía de pie, apoyándose en la madre y la hermana, se dejaba acompañar hasta la puerta, les indicaba con un gesto que ya no las necesitaba, y seguía solo su camino, mientras las dos mujeres dejaban sus tareas e iban tras él para continuar ayudándolo. ¿Quién, en aquella familia agotada por el trabajo, hubiera podido dedicar a Gregorio más tiempo que el estrictamente necesario? El nivel de la vida doméstica se redujo cada vez más. Se despidió a la criada y se contrató, para que ayudara en los trabajos más duros, a una asistenta corpulenta y huesuda, de cabellos blancos, que venía un rato por la mañana y otro por la tarde, y la madre tuvo que añadir a su nada desdeñable labor de costura las demás tareas de la casa. Incluso tuvieron que vender varias joyas de la familia, que en otros tiempos habían llevado orgullosas la madre y la hermana en fiestas y reuniones. Gregorio se enteró de ello por los comentarios acerca del resultado de la venta en una de las conversaciones nocturnas de la familia. Pero el mayor motivo de lamentación consistía siempre en la imposibilidad de dejar aquel piso, demasiado grande en las actuales circunstancias, ya que no había forma de trasladar a Gregorio. Sin embargo, éste se daba cuenta de que no era él el verdadero impedimento para la mudanza, ya que se le podría transportar fácilmente en un cajón con agujeros para respirar. La verdadera razón por la que no se mudaban, era porque ello les hubiera obligado a asumir plenamente el hecho de que habían sido alcanzados por una desgracia inaudita, sin precedentes en el círculo de sus parientes y conocidos.

La desgracia se encarnizaba con ellos: el padre tenía que ir a buscar el desayuno del humilde empleado de banco, la madre cosía vestidos de extraños, presa de los caprichos de los clientes. La familia se aproximaba al límite de sus fuerzas. Gregorio sentía que recrudecía el dolor de la herida de su espalda cuando la madre y la hermana, después de acostar al padre, volvían al comedor y dejaban sus respectivas tareas para sentarse muy juntas, casi rozándole las mejillas. La madre señalaba hacia la habitación de Gregorio y decía:

—Grete, cierra esa puerta.

Y Gregorio quedaba de nuevo sumido en la oscuridad, mientras en la habitación contigua las dos mujeres lloraban en silencio o se quedaban mirando fijamente a la mesa, con los ojos secos.

Gregorio casi nunca dormía, ni de noche ni de día. A veces pensaba que iba abrirse la puerta de su cuarto, y que él iba a encargarse de nuevo, como antes, de los asuntos de

la familia. Volvió acordarse, tras largo tiempo, del director y el gerente del almacén, el dependiente y el aprendiz,
aquel ordenanza tan robusto, dos o tres amigos que tenía en
otros comercios, una camarera de una fonda provinciana...
También le asaltó el recuerdo dulce y pasajero de una cajera
de una sombrerería, a quien había cortejado formalmente,
aunque sin empeño suficiente...

Todas estas personas se mezclaban en su mente con
otras extrañas hace tiempo olvidadas; pero ninguna podía
ayudarle, ni a él ni a los suyos. Eran inasequibles, y se
sentía aliviado cuando lograba apartar su recuerdo. Luego,
dejaba también de preocuparse por su familia, y sólo sentía
hacia ella la irritación producida por la poca atención que
le prestaban. No había nada que le apeteciera realmente,
sin embargo, hacía planes para llegar hasta la despensa y
apoderarse, aunque sin hambre, de lo que le pertenecía por
derecho propio. La hermana ya no se preocupaba de buscar
alimentos que fueran de su gusto; antes de irse a trabajar,
por la mañana y por la tarde, empujaba con el pie cualquier cosa dentro del cuarto, y luego, al regresar, sin mirar
si Gregorio sólo había probado la comida —lo cual era lo
más frecuente— o si ni siquiera al había tocado, recogía
los restos con la escoba. El arreglo de la habitación, que
siempre tenía lugar de noche, era igualmente apresurado.
Las paredes estaban cubiertas de suciedad, y el polvo y los
desperdicios se amontonaban en los rincones.

En los primeros tiempos, al entrar la hermana,
Gregorio se situaba precisamente en el rincón en que
había más suciedad. Pero ahora podía haber permanecido allí semanas enteras sin que ella hubiese tenido más
dedicación, pues veía la suciedad tan bien como él, pero
al parecer estaba decidida a dejarla. Con una suscepti-
bilidad completamente nueva en ella, pero que se había
extendido a toda la familia, no admitía que ninguna otra
persona se ocupase del arreglo de la habitación. Un día,
la madre quiso limpiar a fondo el cuarto de Gregorio,

tarea para la que tuvo que emplear varios cubos de agua, mientras Gregorio yacía amargado e inmóvil debajo del sofá, molesto por la humedad. Pero en cuanto la hermana notó, al regresar por la tarde, el cambio en la habitación, se sintió terriblemente ofendida, irrumpió en el comedor y, sin escuchar las explicaciones de la madre, rompió a llorar con tal violencia y desconsuelo que los padres se asustaron. El padre, a la derecha de la madre, le reprochó el no haber cedido por entero a la hermana el cuidado de la habitación de Gregorio; la hermana, a la izquierda, dijo que ya no le sería posible encargarse de aquella limpieza. La madre quería llevarse al dormitorio al padre, que no acababa de calmarse: la hermana, sacudida por los sollozos, daba puñetazos en la mesa, y Gregorio silbaba de rabia, porque nadie se había acordado de cerrar la puerta para evitarle presenciar aquel espectáculo. Pero si la hermana, agotada por el trabajo, estaba cansada de cuidar a Gregorio, no tenía por qué reemplazarla la madre, ni Gregorio tenía por qué sentirse abandonado: para eso estaba la asistenta. Aquella viuda entrada en años, a quien su huesuda constitución debía de haber permitido resistir las mayores amarguras a lo largo de su vida, no sentía hacia Gregorio ninguna repulsión. Sin que ello pudiera achacarse a la curiosidad, abrió un día la puerta del cuarto de Gregorio, que en su sorpresa, y aunque nadie le perseguía, comenzó a correr de un lado para otro; sin embargo, la mujer permaneció inmutable, con las manos cruzadas sobre el vientre. Desde entonces, cada mañana y cada tarde entreabría furtivamente la puerta para contemplar a Gregorio. Al principio incluso lo llamaba con palabras que sin duda creía cariñosas, como: «¡Ven aquí, bicharraco!». Gregorio no respondía a estas llamadas: permanecía inmóvil, como si ni siquiera se hubiese abierto la puerta. ¡Cuánto mejor hubiera sido que se ordenase a la sirvienta limpiar diariamente su cuarto, en vez de dedicarse a importunarle inútilmente!

Una mañana temprano —mientras una lluvia que parecía anunciar la inminente primavera azotaba furiosamente los cristales— la asistenta lo molestó como de costumbre, y Gregorio se irritó de tal manera que se volvió contra ella, lenta y débilmente, pero en disposición de atacar. Sin embargo, en vez de asustarse, la mujer alzó en alto una silla que estaba junto a la puerta, y esperó con la boca abierta de par en par, mostrando a las claras su propósito de no cerrarla hasta no haber desgarrado sobre la espalda de Gregorio la silla que blandía.

—No vienes, ¿eh? —dijo al ver que Gregorio retrocedía. Y tranquilamente volvió a colocar la silla en el rincón.

Gregorio casi no comía. Al pasar junto a los alimentos que le ponían, tomaba algún bocado, lo guardaba en la boca durante horas, y casi siempre acababa escupiéndolo. Al principio pensó que su desgano era efecto de la melancolía en que le sumía el estado de su habitación; pero se acostumbró muy pronto al aspecto de ésta. Habían adoptado la costumbre de meter allí las cosas que estorbaban en otra parte, que por cierto eran muchas, pues uno de los cuartos de la casa había sido alquilado a tres huéspedes. Eran tres señores muy formales —los tres llevaban barba, según comprobó Gregorio una vez por la rendija de la puerta— y cuidaban de que reinase el orden más escrupuloso no sólo en su habitación, sino en toda la casa, y muy especialmente en la cocina. No soportaban los trastos inútiles, y mucho menos la suciedad. Además, habían traído consigo la mayor parte de su mobiliario, lo cual hacía innecesario algunos muebles imposibles de vender, pero que la familia tampoco quería tirar. Y todas esas cosas habían ido a parar al cuarto de Gregorio, junto con el recogedor de la ceniza y el cubo de la basura. Lo que de momento no había de ser utilizado, la asistenta lo tiraba rápidamente al cuarto de Gregorio, quien, por fortuna, la mayoría de las veces, sólo veía el objeto en cuestión y la mano que lo sujetaba. Quizá tuviese intención la asistenta de volver en busca de aquellas cosas cuando tuviese tiempo, o pensara tirarlas todas de una vez; pero el hecho es que permanecían allí donde habían sido dejadas, a menos que Gregorio se revolviese contra algún trasto y lo desplazara, impulsado a ello porque el objeto en cuestión no le dejaba ya sitio libre para arrastrarse o por pura rabia, aunque después de tales traslados quedaba horriblemente triste y fatigado, sin ganas de moverse durante horas enteras. A veces los huéspedes cenaban en casa, en el comedor, con lo cual la puerta que daba a la habitación de Gregorio permanecía cerrada también algunas noches; pero a Gregorio esto le importaba ya muy poco, pues incluso algunas noches en que la puerta estaba abierta, no había aprovechado la ocasión, sino que se había retirado, sin que la familia lo advirtiese, al rincón más oscuro de su cuarto.

Un día la sirvienta dejó algo entornada la puerta que daba al comedor, y así siguió cuando los huéspedes entraron por la noche y encendieron la luz. Se sentaron a la mesa, en los sitios antaño ocupados por el padre, la madre y Gregorio, desdoblaron las servilletas y empuñaron los cubiertos. Acto seguido llagó la madre con una fuente de carne, seguida de la hermana, que llevaba otra fuente llena de patatas. Los huéspedes se inclinaron sobre las fuentes de humeante comida, como si quisiesen probarla antes de servirse, y, en efecto, el que se hallaba sentado en medio y parecía llevar la voz cantante, cortó un pedazo de carne en la fuente misma, sin duda para comprobar que estaba suficientemente tierna y que no era necesario devolverla a la cocina. Mostró su aprobación, y la madre y la hermana, que habían observado expectantes la operación, respiraron aliviadas y sonrieron.

La familia comía en la cocina. El padre, antes de dirigirse hacia ésta, entró en el comedor, hizo una reverencia y, con la gorra en la mano, se acercó a la mesa. Los huéspedes musitaron algo. Después, ya solos, comieron casi en silencio. A Gregorio le resultaba extraño oír, entre los diversos ruidos de la comida, el de los dientes al masticar, como si quisiesen demostrarle que para comer se necesitan dientes, y que la más hermosa mandíbula de nada sirve sin ellos. «Qué hambre tengo –pensó Gregorio, preocupado–. Pero no son éstas las cosas que me apetecen... ¡Cómo comen estos huéspedes! ¡Y yo, mientras, muriéndome de hambre!» Aquella noche –Gregorio no recordaba haber oído el violín en todo aquel tiempo– oyó tocar en la cocina. Ya habían acabado los huéspedes de cenar. El que estaba en medio había sacado un periódico y dado una hoja a cada uno de los otros dos, y los tres leían y fumaban recostados en sus asientos. Al oír el violín, se levantaron y, de puntillas, fueron hasta la puerta del recibidor, junto a la cual permanecieron inmóviles, apretados uno contra otro. Debieron de oírles desde la cocina, pues el padre preguntó:

–¿A los señores les molesta la música? De ser así, puede cesar al momento.

–Todo lo contrario –aseguró el señor de más autoridad–. ¿No querría la señorita tocar aquí? Sería mucho más cómodo y agradable.

–¡Claro, no faltaba más! –contestó el padre, como si fuese él mismo el violinista.

Los huéspedes volvieron al comedor y esperaron. Muy pronto llegó el padre con el atril, luego la madre con las partituras y, por fin, la hermana con el violín. Grete lo dispuso todo para comenzar a tocar. Mientras, los padres, que nunca habían tenido habitaciones alquiladas y extremaban la cortesía para con los huéspedes, no se atrevían a sentarse en sus propios sillones. El padre quedó apoyado en la puerta, con la mano derecha metida entre los botones de la librea cerrada; uno de los huéspedes le ofreció un sillón a la madre, y ésta se sentó en un rincón apartado, pues no movió el asiento de donde aquel señor lo había colocado casualmente.

La hermana comenzó a tocar, y el padre y la madre, cada uno desde su sitio, seguían todos los movimientos de sus manos. Gregorio, atraído por la música, se atrevió a avanzar un poco y se encontró con la cabeza en el comedor. Casi no le sorprendía la escasa consideración que tenía para con los

demás en los últimos tiempos; sin embargo, esa consideración había sido antes su mayor orgullo. Por otra parte, ahora
más que nunca tenía motivo para ocultarse, pues, debido al
estado de su habitación, cualquier movimiento que hacía
levantaba nubes de polvo a su alrededor, y él mismo estaba
cubierto de polvo y llevaba pegados, en el dorso y en los
costados, hilachos, pelos y restos de comida. Su indiferencia
hacia todos era mucho mayor que cuando podía, echado
sobre la espalda, restregarse contra la alfombra. A pesar del
estado en que se hallaba, no se avergonzaba lo más mínimo
de arrastrarse por el inmaculado suelo del comedor.

Aunque lo cierto era que nadie se fijaba en él. La familia
estaba completamente absorta por el violín, y los huéspedes,
que al principio se habían colocado, con las manos en los
bolsillos del pantalón, cerca del atril para poder ir leyendo
las notas y molestaban seguramente a la hermana, no tardaron en retirarse hacia la ventana, en donde permanecían
cuchicheando con la cabeza inclinada, observados por el
padre, a quien esta actitud contrariaba visiblemente, pues
parecía indicar a las claras que sus esperanzas de escuchar
buena música habían sido defraudadas y empezaban a can-
sarse, y que sólo por cortesía seguían allí. Especialmente el
modo en que echaban por la boca o la nariz el humo de sus
cigarros, delataban gran nerviosidad.

Sin embargo, ¡qué bien tocaba Grete! Con el rostro ladea-
do seguía el pentagrama atenta y tristemente. Gregorio se
arrastró otro poco hacia adelante y mantuvo la cabeza pega-
da al suelo, ansioso de encontrar con su mirada la de su
hermana. ¿Sería una fiera, que la música le emocionaba de
aquel modo? Era como si ante él se abriese un camino que
había de conducirle hasta un alimento desconocido, ardien-
temente anhelado. Estaba decidido a llegar hasta su hermana, a tirarle de la falda y hacerle comprender que había de ir
a su cuarto con el violín, porque nadie apreciaba su música
como él. No la dejaría marcharse mientras él viviese. Por
primera vez iba a servirle de algo su espantosa forma.

Quería poder estar a un tiempo en todas las puertas, dispuesto a saltar sobre los que pretendiesen atacarle. Pero era preciso que su hermana permaneciese junto a él, no a la fuerza, sino voluntariamente; era preciso que se sentase junto a él en el sofá, que se inclinase hacia él, y entonces le contaría al oído que había tenido el firme propósito de enviarla al conservatorio y que, de no haber sobrevenido la desgracia, durante las pasadas Navidades –pues las Navidades ya habían pasado, ¿no?– se lo hubiera dicho a los padres, sin aceptar ninguna objeción. Y al oír esta confidencia, la hermana, conmovida, rompería a llorar, y Gregorio se alzaría hasta sus hombros y la besaría en el cuello, que, desde que iba a la tienda, llevaba desnudo.

–Señor Samsa –dijo de pronto al padre el señor que parecía la voz cantante. Y sin más palabras señaló con el índice a Gregorio, que iba avanzando lentamente. El violín enmudeció al instante, y el señor sonrió a sus amigos, meneando la cabeza, y volvió a mirar a Gregorio.

Al padre le pareció más urgente echar de allí a Gregorio, tranquilizar a los huéspedes, los cuales no se mostraron ni muchos menos intranquilos, y parecían divertirse más con la aparición de Gregorio que con el violín. Se precipitó hacia ellos y, extendiendo los brazos, intentó empujarlos hacia su habitación a la vez que les ocultaba con su cuerpo la vista de Gregorio. Ellos, entonces, no disimularon su contrariedad, aunque no era posible saber si se debía a la actitud del padre o al hecho de descubrir que habían convivido sin saberlo con un ser de aquella índole.

Pidieron explicaciones al padre, alzaron los brazos al cielo, se mesaron las barbas nerviosamente y no retrocedieron sino muy despacio hacia su habitación. Mientras, la hermana había logrado sobreponerse a la impresión causada por tan brusca interrupción. Permaneció un instante con los brazos caídos, sujetando con indolencia el arco y el violín, y la mirada fija en la partitura, como si todavía estuviera tocando. Y de pronto estalló: soltó el instrumento en el regazo de su madre, que seguía sentada en su sillón, respirando con gran dificultad, y corrió al cuarto contiguo, al que los huéspedes, empujados por el padre, se iban acercando ya más rápidamente. Con gran destreza manipuló mantas y almohadas, y antes de que los huéspedes entrasen en su habitación, ya había terminado de arreglarles las camas y se había escabullido.

El padre estaba tan fuera de sí que olvidaba hasta el más elemental respeto debido a los huéspedes, y los seguía empujando frenéticamente. Ya en el umbral, el que parecía llevar la voz cantante dio una patada en el suelo, y le detuvo diciendo enérgicamente:

—Participo a ustedes —alzó la mano al decir esto y buscó con la mirada también a la madre y a la hermana— que, en vista de las repugnantes circunstancias que concurren en esta casa —y al llegar aquí escupió con fuerza en el suelo—, en este mismo momento me despido. Por supuesto, no voy a pagar lo más mínimo por los días que aquí he vivido; al contrario, pensaré si he de pedirles una indemnización, la cual, desde luego, sería muy fácil de justificar.

Calló y miró a su alrededor, como esperando algo. Y, efectivamente, sus dos amigos se solidarizaron en el acto diciendo:

—También nosotros nos despedimos.

Tras lo cual, el primero en hablar agarró el picaporte y cerró la puerta de un golpe. El padre, con paso vacilante, tanteando con las manos, fue hasta su sillón y se dejó caer en él. Parecía disponerse a echar su siesta de todas las noches, pero la profunda inclinación de su cabeza, caída como sin vida, demostraba que no dormía.

Durante todo este tiempo, Gregorio había permanecido callado, inmóvil en el mismo sitio en que lo habían sorprendido los huéspedes. La decepción por el fracaso de su plan, y tal vez también la debilidad producida por el hambre, le hacían imposible el menor movimiento. No sin razón, temía que se desencadenara de un momento a otro una reacción general contra él, y esperaba. Ni siquiera se sobresaltó con el ruido del violín, que cayó del regazo de la madre a causa del temblor de sus manos.

—Queridos padres —dijo la hermana, dando, a modo de introducción, un fuerte puñetazo sobre la mesa—, esto no puede seguir así. Si ustedes no se quieren dar cuenta, yo sí. No quiero ni siquiera pronunciar el nombre de mi hermano ante este monstruo; y, por lo tanto, sólo diré que debemos librarnos de él. Hemos hecho todo lo humanamente posible para cuidarlo y soportarlo, y no creo que nadie pueda hacernos el menor reproche.

—Tienes toda la razón —dijo el padre.

La madre, que aún no podía respirar bien, comenzó a toser ahogadamente, con la mano en el pecho y los ojos extraviados como una loca. La hermana corrió hacia ella y le sostuvo la cabeza. Al padre, las palabras de la hermana parecían haberlo hecho reflexionar. Se había incorporado en el sillón, jugaba con su gorra de ordenanza por entre los platos de la cena de los huéspedes y de vez en cuando dirigía una mirada a Gregorio, impertérrito.

—Hay que deshacerse de él —repitió, por último, la hermana al padre, pues la madre, con su tos, no podía oír nada—. Esto acabará matándonos a los dos. Cuando hay que trabajar como nosotros trabajamos, no se puede soportar, encima, una tortura como ésta. Yo tampoco puedo más.

Y se puso a llorar de tal forma que sus lágrimas cayeron sobre el rostro de la madre, se las limpió mecánicamente con la mano.

—Hija mía —dijo el padre con compasión y sorprendente lucidez—. ¿Qué podemos hacer?

La hermana se encogió de hombros, expresando así la perplejidad que se había apoderado de ella mientras lloraba, en contraste con su anterior determinación.

—Si al menos nos comprendiese —dijo el padre en tono medio interrogativo.

Pero la hermana, sin cesar de llorar, agitó enérgicamente la mano, indicando con ello que no había ni que pensar en tal posibilidad.

–Si al menos nos comprendiese –insistió el padre, cerrando los ojos, como para dar a entender que él también estaba convencido de que era imposible–, tal vez pudiéramos llegar a un acuerdo con él. Pero en estas condiciones...

–Tiene que irse –dijo la hermana–. No hay más remedio, padre. Basta que procures desechar la idea de que se trata de Gregorio. El haberlo creído durante tanto tiempo es, en realidad, la causa de nuestra desgracia. ¿Cómo puede ser Gregorio? Si lo fuera, hace ya tiempo que hubiera comprendido que unos seres humanos no pueden vivir con semejante bicho. Y se habría ido por su propia iniciativa. Habríamos perdido al hermano, pero podríamos seguir viviendo y su recuerdo perduraría para siempre entre nosotros. Mientras que así, este animal nos acosa, echa a los huéspedes y es evidente que quiere apoderarse de toda la casa y dejarnos en la calle. ¡Mira, padre –gritó de pronto–, ya empieza otra vez!

Y con un terror que a Gregorio le pareció incomprensible, la hermana se apartó el sillón, como si prefiriese abandonar a la madre que permanecer cerca de Gregorio, y corrió a refugiarse detrás del padre; éste, excitado a su vez por la actitud de su hija, se puso en pie, extendiendo los brazos ante Grete con gesto protector.

Gregorio no quería asustar a nadie, y mucho menos a su hermana. Lo único que había hecho era empezar a dar la vuelta para volver a su habitación, y esto era lo que había impresionado a los demás, pues, a causa de su deplorable estado, para realizar aquel difícil movimiento tenía que ayudarse con la cabeza, apoyándola en el suelo. Se detuvo y miró a su alrededor. Al parecer, su familia había captado su buena intención; sólo había sido un susto momentáneo.

Ahora todos le miraban tristes y pensativos. La madre estaba en su sillón, con las piernas muy juntas extendidas ante sí y los ojos entrecerrados de cansancio. La hermana estaba sentada junto al padre y rodeaba con su brazo el cuello de éste.

«Tal vez ya pueda moverme», pensó Gregorio, iniciando de nuevo sus penosos esfuerzos. No podía contener sus resoplidos, y de vez en cuando tenía que parar para descansar. Pero nadie lo apuraba; lo dejaban actuar con tranquilidad. Cuando hubo dado la vuelta, inició el regreso en línea recta. Le asombró la gran distancia que le separaba de su habitación; no lograba comprender cómo, en su estado de debilidad, había podido, momentos antes, recorrer ese mismo trecho sin notarlo. Con la única preocupación de arrastrarse lo más rápidamente posible, apenas se percató de que nadie le azuzaba con palabras o gritos. Al llegar al umbral, volvió a cabeza, aunque sólo a medias, pues sentía cierta rigidez en el cuello, y vio que nada había cambiado. Únicamente su hermana se había puesto en pie. Su última mirada había sido para su madre, que se había quedado dormida.

Apenas dentro de su habitación, oyó cerrarse rápidamente la puerta y echar la llave. El brusco ruido le asustó de tal modo que se le doblaron las patas. La hermana era quien había actuado con tal celeridad. Había permanecido de pie esperando el momento de correr a encerrarlo. Gregorio no la había oído acercarse.

–¡Por fin! –exclamó ella haciendo girar la llave en la cerradura.

«¿Y ahora?», se preguntó Gregorio mirando a su alrededor en la oscuridad. Pronto comprendió que no podía moverse absoluto. Esto no le asombró: al contrario, no le parecía natural haber podido avanzar, como había hecho hasta entonces, con aquellas patitas tan débiles. Más allá de eso, se sentía relativamente a gusto. Aunque experimentaba dolor en todo el cuerpo, tenía la sensación de que el dolor disminuía paulatinamente, y pensaba que, por fin, terminaría. Apenas si tenía noción ya de la manzana podrida incrustada en su espalda y la infección blanqueada por el polvo. Pensaba con emoción y cariño en los suyos. Estaba, si era posible, aun más convencido que su hermana de que tenía que desaparecer.

Quedó inmerso en un estado de tranquila meditación e insensibilidad hasta que el reloj de la iglesia dio las tres de la madrugada. Todavía fue capaz de vislumbrar el alba que despuntaba tras los cristales. Luego, a pesar suyo, dejó caer la cabeza y de su hocico surgió con debilidad su último suspiro.

A la mañana siguiente, cuando entró la asistenta –daba tales portazos que en cuanto llegaba era imposible seguir durmiendo, a pesar de lo mucho que se le había rogado que no hiciera tanto ruido– para hacer su breve visita de costumbre a Gregorio, no halló en él, al principio, nada de particular. Supuso que permanecía así, inmóvil, con toda intención, para hacerse el indiferente, pues le consideraba plenamente dotado de raciocinio. Casualmente llevaba en la mano el deshollinador, y le hizo cosquillas desde la puerta.

Al ver que seguía sin moverse, se irritó y comenzó a hostigarlo, y sólo después de que le hubo empujado sin encontrar ninguna resistencia se dio cuenta de lo sucedido, abrió desmesuradamente los ojos y dejó escapar un silbido de sorpresa. Acto seguido, abrió con brusquedad la puerta del dormitorio de los padres y gritó en la oscuridad:

–¡Ha estirado la pata!

El señor y la señora Samsa se incorporaron en la cama. Les costó bastante sobreponerse al susto, y tardaron en comprender lo que les anunciaba la asistenta. Pero en cuanto se hicieron cargo de la situación, bajaron de la cama, cada uno por su lado y con la mayor rapidez posible. El señor Samsa se echó la colcha por los hombros; la señora Samsa sólo llevaba el camisón, y así entraron en la habitación de Gregorio.

Mientras, se había abierto también la puerta del comedor, donde dormía la hermana desde la llegada de los huéspedes. Grete estaba completamente vestida, como si no hubiese dormido en toda la noche, cosa que parecía confirmar la palidez de su rostro.

–¿Muerto? –preguntó la señora Samsa, mirando interrogativamente a la asistenta, pese a que podía comprobarlo por sí misma, e incluso verlo sin necesidad de comprobación alguna.

–Así es –contestó la asistenta, empujando con la escoba el cadáver de Gregorio, como para comprobar que decía la verdad.

La señora Samsa hizo un movimiento como para detenerla, pero no la detuvo.

–Bueno –dijo el señor Samsa–, demos gracias a Dios.

Se santiguó, y las tres mujeres le imitaron.

Grete no apartaba la vista del cadáver:

–Qué delgado está –dijo–. Hacía tiempo que no probaba bocado. Siempre dejaba la comida sin tocar.

El cuerpo de Gregorio aparecía, efectivamente, completamente plano y seco. De esto sólo se daban cuenta ahora, porque ya no lo sostenían sus patitas. Nadie apartaba la vista de él.

–Grete, ven un momento con nosotros –dijo la señora Samsa, sonriendo con melancolía.

Y Grete, sin dejar de mirar el cadáver, siguió a sus padres al dormitorio.

La asistenta cerró la puerta y abrió la ventana de par en par. Todavía era muy temprano, pero el aire no era del todo frío. Estaban a finales de marzo. Los tres huéspedes salieron de su habitación y buscaron con la vista su desayuno. Se habían olvidado de ellos.

–¿Y el desayuno? –le preguntó a la asistenta, con mal humor, el que parecía llevar la voz cantante.

Pero la asistenta, llevándose el índice a los labios, los invitó en silencio, con gestos ampulosos, a entrar en la habitación de Gregorio.

De modo que entraron, y permanecieron allí, en el cuarto inundado de claridad, en torno al cadáver de Gregorio, con expresión desdeñosa y las manos hundidas en los bolsillos de sus raídas chaquetas.

Entonces se abrió la puerta del dormitorio y apareció el señor Samsa, vestido con su librea, llevando del brazo a su mujer y del otro a su hija. Los tres tenían aspecto de haber llorado un poco, y Grete ocultaba de vez en cuando el rostro contra el brazo del padre.

—Salgan inmediatamente de mi casa —dijo el señor Samsa, señalando la puerta, pero sin soltar a las mujeres.

—¿Qué pretende usted decir con esto? —le preguntó el que llevaba la voz cantante, algo desconcertado y sonriendo con timidez.

Los otros dos tenían las manos cruzadas a la espalda, y se las frotaban como si esperasen gozosos una disputa cuyo resultado les sería favorable.

—Pretendo decir exactamente lo que he dicho —contestó el señor Samsa, avanzando con las dos mujeres en línea recta hacia el huésped, que permaneció callado y tranquilo, con la mirada fija en el suelo, como si pusiera en orden sus pensamientos.

—En ese caso, nos iremos —dijo, por fin, mirando al señor Samsa como si una fuerza repentina lo obligara a pedirle autorización incluso para esto.

El señor Samsa se limitó a abrir mucho los ojos y mover varias veces, breve y afirmativamente, la cabeza.

A continuación, el huésped se encaminó con grandes pasos al recibidor. Sus dos compañeros habían dejado de frotarse las manos, y salieron pisándole los talones, como si temiesen que el señor Samsa llegase antes al recibidor y se interpusiese entre ellos y su guía. Una vez en el recibidor, los tres tomaron sus sombreros del perchero, sacaron sus bastones del paragüero, se inclinaron en silencio y abandonaron la casa.

Con desconfianza injustificada, el señor Samsa y las dos mujeres salieron al rellano y, asomados sobre la barandilla, observaron cómo aquellos tres señores, con lentitud pero sin detenerse, bajaban la larga escalera, desapareciendo al llegar a la vuelta que daba ésta en cada piso, y reapareciendo unos segundos después. A medida que descendían, disminuía el interés que la familia Samsa sentía hacia los huéspedes, y al cruzarse con ellos el repartidor de la carnicería, que sostenía su cesto sobre la cabeza, el señor Samsa y las mujeres dejaron por fin la barandilla y, con alivio, entraron de nuevo en la casa.

Decidieron dedicar aquel día al descanso y a pasear: no sólo tenían bien merecida una tregua en su trabajo, sino que les era indispensable. Se sentaron, entonces, a la mesa y escribieron sendas cartas disculpándose: el señor Samsa, a su superior; la señora Samsa, al dueño de la tienda; y Grete le escribió a su jefe. Mientras lo hacían, entró la asistenta a decir que se marchaba, pues había finalizado su trabajo de la mañana. Los tres siguieron escribiendo sin prestarle atención y se limitaron a hacer una seña afirmativa con la cabeza. Pero al ver que no se retiraba, alzaron los ojos con irritación.

–¿Qué pasa? –preguntó el señor Samsa.

La asistenta permanecía sonriente en el umbral, como si tuviese que comunicar una noticia feliz, pero indicando, con su actitud, que sólo lo haría después de haber sido interrogada en forma debida. La tensa pluma de su sombrero, que molestaba al señor Samsa desde que aquella mujer había comenzado a trabajar en la casa, se bamboleaba en todas direcciones.

–Bueno, ¿qué desea? –preguntó la señora Samsa, que era la persona a quien más respetaba la asistenta.

–Pues –contestó ella, y la risa no la dejaba seguir–, pues que no tienen que preocuparse de cómo quitar de en medio eso de ahí al lado. Ya será todo arreglado.

La señora Samsa y Grete se inclinaron otra vez sobre sus cartas, como para seguir escribiendo, y el señor Samsa, notando que la asistenta se disponía a contarlo todo con detalles, la detuvo, extendiendo con energía la mano hacia ella.

La asistenta, al notar que no la dejarían contar lo que traía preparado, se marchó en forma brusca.

–¡Buenos días! –dijo con visible mal humor.

Dio medio vuelta con gran irritación y abandonó la casa dando un fuerte portazo.

–Esta misma tarde la despido –dijo el señor Samsa.

Pero no recibió respuesta de su mujer ni tampoco de su hija, pues la asistenta parecía haber deshecho aquella tranquilidad que apenas habían logrado recuperar.

La madre y la hija se levantaron y se dirigieron hacia la ventana, ante la cual permanecieron abrazadas. El señor Samsa hizo girar su sillón en aquella dirección, y se quedó observándolas con tranquilidad. Luego dijo:

–Vamos, vamos. Olvídense de una vez de las cosas pasadas. Tengan también un poco de consideración conmigo.

Las dos mujeres le obedecieron al instante, corrieron hacia él, le abrazaron y terminaron de escribir.

Luego, salieron los tres juntos, cosa que no habían hecho desde hacía meses, y tomaron el tranvía para ir a respirar el aire puro de las afueras. El tranvía, en el cual eran los únicos viajeros, estaba inundado por la cálida luz del sol. Cómodamente recostados en sus asientos, fueron cambiando impresiones acerca del provenir, y concluyeron que, bien mirado, no era nada negro, pues sus respectivos empleos –sobre los cuales todavía no habían hablado con claridad– eran muy buenos y, sobre todo, prometían mejorar en un futuro cercano.

Por el momento, lo mejor que podían hacer era mudarse. Les convenía una casa más pequeña y más barata y, sobre todo, mejor situada y más cómoda que la actual, que había sido elegida por Gregorio. Mientras conversaban, el señor y la señora Samsa se dieron cuenta casi a la vez de que su hija, pese a que, a causa de tantas preocupaciones, en los últimos tiempos había perdido el color, se había desarrollado y estaba convertida en una joven bella y colmada de vida. Sin palabras, entendiéndose con la mirada, se dijeron uno a otro que ya iba siendo hora de encontrarle un buen marido. Y cuando, al llegar al final del trayecto, la hija se levantó en primer lugar e irguió sus formas juveniles, pareció confirmar los nuevos planes y las sanas intenciones de sus padres.

Ante la ley

(de *Un médico rural*, 1919)

Hay un guardián ante la Ley. A él llega un hombre del campo que pide ser admitido a la Ley. El guardián le responde que ese día no puede permitirle el ingreso. El hombre reflexiona; luego pregunta si podrá entrar más tarde. "Es posible –dice el guardián– pero no ahora". La puerta de la Ley está abierta y el guardián está a un lado, de modo que el hombre se agacha para espiar. El guardián se echa a reír. "Fíjate bien –le dice–: soy muy fuerte. Y soy el menos fuerte de los guardianes. Dentro, no hay una sala que no esté vigilada por su guardián, cada uno con más fuerza que el anterior. Ya el tercero tiene una apariencia que ni yo puedo tolerar". El hombre no ha tenido en cuenta estos obstáculos. Piensa que todos los hombres, en todo momento, deben acceder a la Ley, pero al observar al guardián con su capa de piel, su nariz grande y puntiaguda y su extensa y desflecada barba de tártaro, toma la decisión de esperar. El guardián le ofrece una silla y le permite permanecer junto a la puerta. En ese sitio, el hombre pasa los días y los años. En repetidas ocasiones intenta ser admitido y molesta al guardián con sus pedidos. El guardián mantiene diálogos limitados con él y le pregunta por su hogar y otros asun-

tos, pero de un modo impersonal, como si se tratara de un
señor poderoso, y siempre concluye diciendo que aún no
puede pasar. El hombre, que poseía muchas cosas con las
cuales se había equipado para su viaje, se va desprendiendo
de todas ellas con el fin de sobornar al guardián. Éste no
las rechaza, pero le deja algo en claro: "Acepto para que no
creas que has pasado por alto algún intento". En todos esos
años, el hombre no le quita los ojos de encima al guardián.
Deja de pensar en los otros y cree que el guardián es el
único obstáculo que lo separa de la Ley. En los primeros
años profiere maldiciones contra su destino perverso; cuando se hace viejo, la maldición se convierte en rezongo. El
hombre se vuelve infantil, y como en su espera de tantos
años ha llegado a reconocer las pulgas en la capa de piel,
les pide que lo ayuden y que intercedan con el guardián.
Pronto se le nubla la vista y no sabe si sus ojos lo engañan o
si es el mundo el que se ha oscurecido. A duras penas logra
percibir, entre las sombras, una claridad que emana inmor-
talmente desde la puerta de la Ley. No le queda mucho por
vivir. Mientras agoniza, los recuerdos forman una sola pregunta que nunca le ha dicho al guardián. Como no puede
ponerse de pie, debe llamarlo por señas. El guardián se agacha con esfuerzo, pues entre ellos hay una diferencia de
estatura que ha aumentado mucho. "¿Qué quieres ahora? –
dice el guardián–. Eres insaciable". "Todos se esfuerzan por
la Ley –dice el hombre–. ¿Será posible que en los años que
espero nadie ha querido entrar, excepto yo?". El guardián
comprende que el hombre ha llegado a su final, y debe gri-
tarle para que lo escuche: "Nadie ha querido entrar porque
esta puerta solo estaba destinada a ti. Ahora voy a cerrarla".

En la colonia penitenciaria

(1919)

—Es un aparato singular —dijo el oficial al explorador, y contempló con cierta admiración el aparato, que le resultaba tan conocido. El explorador parecía haber aceptado sólo por cortesía la invitación del comandante para presenciar la ejecución de un soldado condenado por desacato e insulto hacia sus superiores. En la colonia penitenciaria no era tampoco muy grande el interés que había generado esta ejecución. Por lo menos, en ese valle minúsculo, profundo y arenoso, enmarcado por riscos desnudos, sólo se encontraban, además del oficial y el explorador, el condenado, un hombre de boca grande y aspecto estúpido, de cabello y rostro desprolijos, y un soldado que sostenía la pesada cadena donde convergían los grilletes que aprisionaban al condenado por los tobillos y las muñecas, también por el cuello, y que se encontraban enlazados entre sí a través de otras cadenas. De cualquier manera, el condenado presentaba un aspecto sumiso tan propio de los canes, que daba la sensación de que hubieran podido permitirle correr en libertad por los riscos alrededor, para llamarlo con un simple silbido cuando llegara el momento de la ejecución.

El explorador no tenía demasiado interés por el aparato y se paseaba detrás del condenado con visible indiferencia, mientras el oficial daba fin a los últimos preparativos, arrastrándose de pronto bajo el aparato, profundamente hundido en la tierra, o trepando de pronto por una escalera para examinar las partes superiores. Fácilmente hubiera podido ocuparse de estas labores un mecánico, pero el oficial las desempeñaba con gran celo, tal vez porque admiraba el aparato, o tal vez porque por diversos motivos no se podía confiar ese trabajo a otra persona.

—¡Ya está todo listo! —exclamó finalmente y descendió de la escalera. Parecía extraordinariamente fatigado, respiraba con la boca muy abierta, y se había metido dos finos pañuelos de mujer bajo el cuello del uniforme.

—Estos uniformes son demasiado pesados para el trópico —dijo el explorador, en vez de hacer alguna pregunta sobre el aparato, como hubiera deseado el oficial.

—En efecto —dijo éste, y se lavó las manos sucias de aceite y de grasa en un balde que allí había—; pero para nosotros son símbolos de la patria; no queremos olvidarnos de nuestra patria. Y ahora fíjese en este aparato —continuó inmediatamente, secándose las manos con una toalla y mostrando aquél al mismo tiempo—: Hasta ahora intervine yo, pero de aquí en adelante el aparato funciona absolutamente solo.

El explorador asintió y siguió al oficial. Éste quería cubrir todas las contingencias, y por eso dijo:

—Naturalmente, a veces hay inconvenientes. Espero que no los haya hoy, pero siempre se debe contar con esa posibilidad. El aparato debería funcionar ininterrumpidamente durante doce horas. Pero cuando hay entorpecimientos, de todas formas son menores y se los soluciona rápidamente. ¿No desea sentarse? —preguntó luego, sacando una silla de mimbre entre un montón de sillas semejantes, y ofreciéndosela al explorador, que no podía rechazarla. Se sentó entonces; al borde de un hoyo estaba la tierra removida, dispuesta en forma de parapeto; del otro lado estaba el aparato.

—No sé —dijo el oficial— si el comandante le ha explicado ya el aparato.

El explorador hizo un ademán incierto; el oficial no deseaba nada mejor, porque así podía explicarle personalmente el funcionamiento.

—Este aparato —dijo, sosteniendo una manivela y apoyándose sobre ella— es un invento de nuestro antiguo comandante. Yo asistí a los primerísimos experimentos y tomé parte en todos los trabajos, hasta su terminación. Pero el mérito del descubrimiento sólo le corresponde a él. ¿No ha oído hablar usted de nuestro antiguo comandante? ¿No? Bueno, no exagero si le digo que casi toda la organización de la colonia penitenciaria es obra suya. Nosotros, sus amigos, sabíamos aun antes de su muerte que la organización de la colonia era un todo tan perfecto, que su sucesor, aunque tuviera mil nuevos proyectos en la cabeza, por lo menos durante muchos años no podría cambiar nada. Y nuestra profecía se cumplió; el nuevo comandante se vio obligado a admitirlo. Lástima que usted no haya conocido a nuestro antiguo comandante. Pero —el oficial se interrumpió— estoy divagando, y aquí está el aparato. Como usted ve, consta de tres partes. Con el correr del tiempo, se generalizó la costumbre de designar a cada una de estas partes mediante una especie de sobrenombre popular. La inferior se llama la Cama, la de arriba el Diseñador, y ésta del medio, el Rastrillo.

—¿El Rastrillo? —preguntó el explorador.

No había escuchado con mucha atención; el sol caía con demasiada fuerza en ese valle sin sombras, apenas podía uno concentrar los pensamientos. Por eso mismo le parecía más admirable ese oficial, que a pesar de su chaqueta de gala, ajustada, cargada de charreteras de adornos, proseguía con tanto entusiasmo sus explicaciones, y además, mientras hablaba, apretaba aquí y allá algún tornillo con un destornillador. En una situación semejante a la del explorador parecía encontrarse el soldado. Se había enrollado la cadena del condenado en torno de las muñecas; apoyado con una mano en el fusil, cabizbajo, no se preocupaba por nada de lo que ocurría. Esto no sorprendió al explorador, ya que el oficial hablaba en francés, y ni el soldado ni el condenado entendían el francés. Por eso mismo era más curioso que el condenado se esforzara por seguir las explicaciones del oficial. Con una especie de soñolienta insistencia, dirigía la mirada hacia donde el oficial señalaba, y cada vez que el explorador hacía una pregunta, también él, como el oficial, lo miraba.

–Sí, el Rastrillo –dijo el oficial–, un nombre bien educado. Las agujas están colocadas en ellas como los dientes de una rastra, y el conjunto funciona además como un rastrillo, aunque sólo en un lugar determinado, y con mucho más arte. De todos modos, ya lo comprenderá mejor cuando se lo explique. Aquí, sobre la Cama, se coloca al condenado. Primero le describiré el aparato, y después lo pondré en movimiento. Así podrá entenderlo mejor. Además, uno de los engranajes del Diseñador está muy gastado; chirría mucho cuando funciona, y apenas se entiende lo que uno habla; por desgracia, aquí es muy difícil conseguir piezas de repuesto. Bueno, ésta es la Cama, como decíamos. Está totalmente cubierta con una capa de algodón en rama; pronto sabrá usted por qué. Sobre este algodón se coloca al condenado, boca abajo, naturalmente desnudo; aquí hay correas para sujetarle las manos, aquí para los pies, y aquí para el cuello. Aquí, en la cabecera de la Cama (donde el individuo, como ya le dije, es colocado primeramente boca abajo), esta pequeña mordaza de fieltro, que puede ser fácilmente regulada de modo que entre directamente en la boca del hombre, tiene la finalidad de impedir que grite o se muerda la lengua. Naturalmente, el hombre no puede alejar la boca del fieltro, porque la correa del cuello le quebraría las vértebras.

–¿Esto es algodón? –preguntó el explorador, y se agachó.

–Sí, claro –dijo el oficial riendo–; tóquelo usted mismo.

Cogió la mano del explorador, y se la hizo pasar por la Cama.

–Es un algodón especialmente preparado, por eso resulta tan irreconocible; ya le hablaré de su finalidad.

El explorador comenzaba a interesarse un poco por el aparato; protegiéndose los ojos con la mano, a causa del sol, contempló el conjunto. Era una construcción elevada. La Cama y el Diseñador tenían igual tamaño, y parecía dos oscuros cajones de madera. El Diseñador se elevaba unos dos metros sobre la Cama; los dos estaban unidos entre sí, en los ángulos, por cuatro barras de bronce, que casi resplandecían al sol. Entre los cajones, oscilaba sobre una cinta de acero el Rastrillo.

El oficial no había advertido la anterior indiferencia del explorador, pero sí notó su interés naciente; por lo tanto interrumpió las explicaciones, para que su interlocutor pudiera dedicarse sin inconvenientes al examen de los dispositivos. El condenado imitó al explorador; como no podía cubrirse los ojos con la mano, miraba hacia arriba, parpadeando.

–Entonces, aquí se coloca al hombre –dijo al explorador, echándose hacia atrás en su silla, y cruzando las piernas.

–Sí –dijo el oficial, corriéndose la gorra un poco hacia atrás, y pasándose la mano por el rostro acalorado–, y ahora escuche: tanto la Cama como el Diseñador tienen baterías eléctricas propias; la Cama la requiere para sí, el Diseñador para el Rastrillo. En cuanto el hombre está bien asegurado con las correas, la Cama es puesta en movimiento. Oscila con vibradores diminutos y muy rápidos, tanto lateralmente como verticalmente. Usted habrá visto aparatos similares en los hospitales; pero en nuestra Cama todos los movimientos están exactamente calculados; en efecto, deben estar minuciosamente sincronizados con los movimientos del Rastrillo. Sin embargo, la verdadera ejecución de la sentencia corresponde al Rastrillo.

–¿Cómo es la sentencia? –preguntó el explorador.

–¿Tampoco sabe eso? –dijo el oficial, asombrado, y se mordió los labios–. Perdóneme si mis explicaciones son tal vez un poco desordenadas; le ruego realmente que me disculpe. En otros tiempos correspondía al comandante dar las explicaciones, pero el nuevo comandante rehúye ese honroso deber; de todos modos, el hecho de que a una visita de semejante importancia –y aquí el explorador trató de restar importancia al elogio, con un ademán de las manos, pero el oficial insistió–, a una visita de semejante importancia ni siquiera se la ponga en conocimiento del carácter de nuestras sentencias, constituye también una insólita novedad que... –y con una maldición al borde de los labios se contuvo y prosiguió– ... yo no sabía nada, la culpa no es mía. De todos modos, soy la persona más capacitada para explicar nuestros procedimientos, ya que tengo en mi poder –y se palmeó el bolsillo superior– los respectivos diseños preparados por la propia mano de nuestro antiguo comandante.

–¿Los diseños del comandante mismo? –preguntó el explorador–. ¿Reunía entonces todas las cualidades? ¿Era soldado, juez, constructor, químico y dibujante?

–Efectivamente –dijo el oficial, asintiendo con una mirada impenetrable y lejana.

Luego se examinó las manos; no le parecían suficientemente limpias para tocar los diseños; por lo tanto, se dirigió hacia el balde y se las lavó nuevamente. Acto seguido sacó un pequeño portafolio de cuero y dijo:

–Nuestra sentencia no es aparentemente severa. Consiste en escribir sobre el cuerpo del condenado, mediante el Rastrillo, la disposición que él mismo ha violado. Por ejemplo, las palabras inscriptas sobre el cuerpo de este condenado –y el oficial señaló al individuo– serán: "Honra a tus superiores".

El explorador miró rápidamente al hombre; en el momento en que el oficial lo señalaba, estaba cabizbajo y parecía prestar toda la atención de que sus oídos eran capaces, para tratar de entender algo. Pero los movimientos de sus labios gruesos y apretados demostraban evidentemente que no entendía nada. El explorador hubiera querido formular diversas preguntas, pero al ver al individuo sólo inquirió:

—¿Conoce él su sentencia?

—No —dijo el oficial, tratando de proseguir inmediatamente con sus explicaciones, pero el explorador lo interrumpió:

—¿No conoce su sentencia?

—No —repitió el oficial, callando un instante como para permitir que el explorador ampliara su pregunta—. Sería inútil anunciársela. Ya lo sabrá en carne propia.

El explorador no quería preguntar más; sentía la mirada del condenado fija en él, como inquiriéndole si aprobaba el procedimiento descrito. En consecuencia, aunque se había repantigado en la silla, volvió a inclinarse hacia adelante y siguió preguntando:

—Pero, por lo menos ¿sabe que ha sido condenado?

—Tampoco —dijo el oficial, sonriendo como si esperara que le hiciera otra pregunta extraordinaria.

—¿No? —dijo el explorador y se pasó la mano por la frente—, entonces ¿el individuo tampoco sabe cómo fue conducida su defensa?

—No se le dio ninguna oportunidad de defenderse —dijo el oficial y volvió la mirada, como hablando consigo mismo, para evitar al explorador la vergüenza de oír una explicación de cosas tan evidentes.

—Pero debe de haber tenido alguna oportunidad de defenderse —insistió el explorador, y se levantó de su asiento.

El oficial comprendió que corría el peligro de ver demorada indefinidamente la descripción del aparato; por lo tanto, se acercó al explorador, lo tomó por el brazo y señaló con la mano al condenado, que al ver tan evidentemente que toda la atención se dirigía hacia él, se puso en posición de firme, mientras el soldado daba un tirón a la cadena.

—Le explicaré cómo se desarrolla el proceso —dijo el oficial—. Yo he sido designado juez de la colonia penitenciaria. A pesar de mi juventud. Porque yo era el consejero del antiguo comandante en todas las cuestiones penales, y además conozco el aparato mejor que nadie. Mi principio fundamental es éste: la culpa es siempre indudable. Tal vez otros juzgados no siguen este principio fundamental, pero son multipersonales, y además dependen de otras cámaras superiores. Este no es nuestro caso, o por lo menos no lo era en la época de nuestro antiguo comandante. El nuevo ha demostrado, sin embargo, cierto deseo de inmiscuirse en mis juicios, pero hasta ahora he logrado mantenerlo a cierta distancia, y espero seguir lográndolo. Usted desea que le explique este caso particular; es muy simple, como todos los demás. Un capitán presentó esta mañana la acusación de que este individuo, que ha sido designado criado suyo, y que duerme frente a su puerta, se había dormido durante la guardia. En efecto, tiene la obligación de levantarse al sonar cada hora, y hacer la venia ante la puerta del capitán. Como se ve, no es una obligación excesiva, y sí muy necesaria, porque así se mantiene alerta en sus funciones, tanto de centinela como de criado. Anoche el capitán quiso comprobar si su criado cumplía con su deber. Abrió la puerta exactamente a las dos, y lo encontró dormido en el suelo. Cogió la fusta, y le cruzó la cara. En vez de levantarse y suplicar perdón a su superior por las piernas, este hombre lo sacudió y exclamó: "Arroja ese látigo o te como vivo". Estas son las pruebas. El capitán vino a verme hace una hora, tomé nota de su declaración y dicté inmediatamente la sentencia. Luego hice encadenar al culpable. Todo esto fue muy simple. Si primeramente lo hubiera hecho llamar, y lo hubiera interrogado, sólo habrían surgido confusiones. Habría mentido, y si yo hubiera querido desmentirlo, habría reforzado sus mentiras con nuevas mentiras y así sucesivamente. En cambio, así lo tengo en mi poder y no se escapará. ¿Está todo aclarado? Pero el tiempo pasa, ya debería comenzar la ejecución y todavía no terminé de explicarle el aparato.

Obligó al explorador a que se sentara nuevamente, se acercó otra vez al aparato, y comenzó:

—Como usted ve, la forma del Rastrillo corresponde a la forma del cuerpo humano; aquí está la parte del torso, aquí están las rastras para las piernas. Para la cabeza, sólo hay esta agujita. ¿Le resulta claro?

Se inclinó amistosamente ante el explorador dispuesto a dar las más amplias explicaciones.

El explorador, con el ceño fruncido, consideró el Rastrillo. La descripción de los procedimientos judiciales no lo había satisfecho. Debía hacer un esfuerzo para no olvidar que se trataba de una colonia penitenciaria, que requería medidas extraordinarias de seguridad, y donde la disciplina debía ser exagerada hasta el extremo. Pero, por otra parte, pensaba en el nuevo comandante que evidentemente proyectaba introducir, aunque poco a poco, un nuevo sistema de procedimientos; estrecha mentalidad que este oficial no podía prender. Estos pensamientos le hicieron preguntar:

—¿El comandante asistirá a la ejecución?

—No es seguro —dijo el oficial, dolorosamente impresionado por una pregunta tan directa, mientras su expresión amistosa se desvanecía—. Por eso mismo debemos darnos prisa. En consecuencia, aunque lo siento muchísimo, me veré obligado a simplificar mis explicaciones. Pero mañana, cuando hayan limpiado nuevamente el aparato (su única falla consiste en que se ensucia mucho), podré seguir explayándome con más detalles. Reduzcámonos entonces por ahora a lo más indispensable. Una vez que el hombre está acostado en la Cama, y ésta comienza a vibrar, el Rastrillo desciende sobre su cuerpo. Se regula automáticamente, de modo que apenas roza el cuerpo con la punta de las agujas; en cuanto se establece el contacto, la cinta de acero se convierte inmediatamente en una barra rígida. Y entonces empieza la función. Una persona que no esté al tanto, no advierte ninguna diferencia entre un castigo y otro. El Rastrillo parece trabajar uniformemente. Al vibrar, rasga con la punta de las agujas la superficie del cuerpo, estremecido a su vez por la Cama. Para permitir la observación del desarrollo de la sentencia, el Rastrillo ha sido construido de vidrio. La fijación de las agujas en el vidrio originó algunas dificultades técnicas, pero después de diversos experimentos solucionamos el problema. Le diré que no hemos escatimado esfuerzos. Y ahora cualquiera puede observar, a través del vidrio, cómo va tomando forma la inscripción sobre el cuerpo. ¿No quiere acercarse a ver las agujas?

El explorador se levantó lentamente, se acercó y se inclinó sobre el Rastrillo.

—Como usted ve —dijo el oficial—, hay dos clases de agujas, dispuestas de diferente modo. Cada aguja larga va acompañada por una más corta. La larga se reduce a escribir, y la corta arroja agua, para lavar la sangre y mantener legible la inscripción. La mezcla de agua y sangre corre luego por pequeños canalículos, y finalmente desemboca en este canal principal, para verterse en el hoyo, a través de un caño de desagüe.

El oficial mostraba con el dedo el camino exacto que seguía la mezcla de agua y sangre. Mientras él, para hacer lo más gráfica posible la imagen, formaba un cuenco con ambas manos en la desembocadura del caño de salida, el explorador alzó la cabeza y trató de volver a su asiento, tanteando detrás de sí con la mano. Vio entonces con horror que también el condenado había obedecido la invitación del oficial para ver más de cerca la disposición del Rastrillo. Con la cadena había arrastrado un poco al soldado adormecido, y ahora se inclinaba sobre el vidrio. Se veía cómo su mirada insegura trataba de percibir lo que los dos señores acababan de observar, y cómo, faltándole la explicación, no comprendía nada. Se agachaba aquí y allá. Sin cesar, su mirada recorría el vidrio. El explorador trató de alejarlo, porque lo que hacía era probablemente punible. Pero el oficial lo retuvo con una mano, con la otra cogió del parapeto un terrón, y lo arrojó al soldado. Este se sobresaltó, abrió los ojos, comprobó el atrevimiento del condenado, dejó caer el rifle, hundió los talones en el suelo, arrastró de un tirón al condenado, que inmediatamente cayó al suelo, y luego se quedó mirando cómo se debatía y hacía sonar las cadenas.

–¡Póngalo de pie! –gritó el oficial, porque advirtió que el condenado distraía demasiado al explorador. En efecto, éste se haba inclinado sobre el Rastrillo, sin preocuparse mayormente por su funcionamiento, y sólo quería saber qué ocurría con el condenado.

–¡Trátelo con cuidado! –volvió a gritar el oficial.

Luego corrió en torno del aparato, cogió personalmente al condenado bajo las axilas, y aunque éste se resbalaba constantemente, con la ayuda del soldado lo puso de pie.

–Ya estoy al tanto de todo –dijo el explorador, cuando el oficial volvió a su lado.

–Menos de lo más importante –dijo éste, tomándolo por un brazo y señalando hacia lo alto–. Allá arriba, en el Diseñador, está el engranaje que pone en movimiento el Rastrillo; dicho engranaje es regulado de acuerdo a la inscripción que corresponde a la sentencia. Todavía utilizo los diseños del antiguo comandante. Aquí están –y sacó algunas hojas del portafolio de cuero–, pero por desgracia no puedo dárselos para que los examine; son mi más preciosa posesión. Siéntese, yo se los mostraré desde aquí, y usted podrá ver todo perfectamente.

Mostró la primera hoja. El explorador hubiera querido hacer alguna observación pertinente, pero sólo vio líneas que se cruzaban repetida y laberínticamente, y que cubrían en tal forma el papel que apenas podían verse los espacios en blanco que las separaban.

–Lea –dijo el oficial.

–No puedo –dijo el explorador.

–Sin embargo, está claro –dijo el oficial.

–Es muy ingenioso –dijo el explorador evasivamente–, pero no puedo descifrarlo.

–Sí –dijo el oficial, riendo y guardando nuevamente el plano–, no es justamente caligrafía para escolares. Hay que estudiarlo largamente. También usted terminaría por entenderlo, estoy seguro. Naturalmente, no puede ser una inscripción simple; su fin no es provocar directamente la muerte, sino después de un lapso de doce horas, término medio; se calcula que el momento crítico tiene lugar a la sexta hora. Por lo tanto, muchos, muchísimos adornos rodean la verdadera inscripción; ésta sólo ocupa una estrecha faja en torno del cuerpo; el resto se reserva a los embellecimientos. ¿Está ahora en condiciones de apreciar la labor del Rastrillo y de todo el aparato? ¡Fíjese! –y subió de un salto la escalera, e hizo girar una rueda–. ¡Atención, hágase a un lado!

El conjunto comenzó a funcionar. Si la rueda no hubiera chirriado, habría sido maravilloso. Como si el ruido de la rueda lo hubiera sorprendido, el oficial la amenazó con el puño, luego abrió los brazos, como disculpándose ante el explorador, y descendió rápidamente, para observar desde abajo el funcionamiento del aparato. Todavía había algo que no andaba, y que sólo él percibía; volvió a subir, buscó algo con ambas manos en el interior del Diseñador, se dejó deslizar por una de las barras, en vez de utilizar la escalera, para bajar más rápidamente, y exclamó con toda su voz en el oído del explorador, para hacerse oír en medio del estrépito:

–¿Comprende el funcionamiento? El Rastrillo comienza a escribir; cuando termina el primer borrador de la inscripción en el dorso del individuo, la capa de algodón gira y hace girar el cuerpo lentamente sobre un costado pera dar más lugar al Rastrillo. Al mismo tiempo, las partes ya escritas se apoyan sobre el algodón, que gracias a su preparación especial contiene la emisión de sangre y prepara la superficie para seguir profundizando la inscripción. Luego, a medida que el cuerpo sigue girando, estos dientes del borde del Rastrillo arrancan el algodón de las heridas, lo arrojan al hoyo, y el Rastrillo puede proseguir su labor. Así sigue inscribiendo, cada vez más hondo, las doce horas. Durante las primeras seis horas, el condenado se mantiene casi tan vivo como al principio, sólo sufre dolores. Después de dos horas, se le quita la mordaza de fieltro, porque ya no tiene fuerzas para gritar. Aquí, en este recipiente calentado eléctricamente, junto a la cabecera de la Cama, se vierte pulpa caliente de arroz, para que el hombre se alimente, si así lo desea, lamiéndola con la lengua. Ninguno desdeña esta oportunidad. No sé de ninguno, y mi experiencia es vasta. Sólo después de seis horas desaparece todo deseo de comer. Generalmente me arrodillo aquí, en ese momento, y observo el fenómeno. El hombre no traga casi nunca el último bocado, sólo lo hace girar en la boca, y lo escupe en el hoyo. Entonces tengo que agacharme, porque si no me escupiría en la cara. ¡Qué tranquilo se queda el hombre después de la sexta hora! Hasta el más necio comienza a comprender. La comprensión se inicia en torno de los ojos. Desde allí se expande. En ese momento uno desearía colocarse con él bajo el Rastrillo. Ya no ocurre más nada; el hombre comienza solamente a descifrar la inscripción, estira los labios hacia afuera, como si escuchara. Usted ya ha visto que no es fácil descifrar la inscripción con los ojos; pero nuestro hombre la descifra con sus heridas. Realmente, cuesta mucho trabajo; necesita seis horas por lo menos. Pero ya el Rastrillo lo ha atravesado completamente y lo arroja en el hoyo, donde cae en medio de la sangre y el agua y el algodón. La sentencia se ha cumplido, y nosotros, yo y el soldado, lo enterramos.

El explorador había inclinado el oído hacia el oficial, y con las manos en los bolsillos de la chaqueta contemplaba el funcionamiento de la máquina. También el condenado lo contemplaba, pero sin comprender. Un poco agachado, seguía el movimiento de las agujas oscilantes; mientras tanto el soldado, ante una señal del oficial, le cortó con un cuchillo la camisa y los pantalones por la parte de atrás, de modo que estos últimos cayeron al suelo; el individuo trató de retener las ropas que se le caían, para cubrir su desnudez, pero el soldado lo alzó en el aire y sacudiéndolo hizo caer los últimos jirones de vestimenta. El oficial detuvo la máquina, y en medio del repentino silencio el condenado fue colocado bajo el Rastrillo. Le desataron las cadenas, y en su lugar lo sujetaron con las correas; en el primer instante, esto pareció significar casi un alivio para el condenado. Luego hicieron descender un poco más el Rastrillo, porque era un hombre delgado. Cuando las puntas lo rozaron, un estremecimiento recorrió su piel; mientras el soldado le ligaba la mano derecha, el condenado lanzó hacia afuera la izquierda, sin saber hacia dónde, pero en dirección del explorador. El oficial observaba constantemente a este último, de reojo, como si quisiera leer en su cara la impresión que le causaba la ejecución que por lo menos superficialmente acababa de explicarle.

La correa destinada a la mano izquierda se rompió; probablemente el soldado la había estirado demasiado. El oficial tuvo que intervenir, y el soldado le mostró el trozo roto de correa. Entonces el oficial se le acercó y con el rostro vuelto hacia el explorador dijo:

—Esta máquina es muy compleja, a cada momento se rompe o se descompone alguna cosa; pero uno no debe permitir que estas circunstancias influyan en el juicio de conjunto. De todos modos, las correas son fácilmente sustituibles; usaré una cadena; es claro que la delicadeza de las vibraciones del brazo derecho sufrirá un poco.

Y mientras sujetaba la cadena, agregó:

—Los recursos destinados a la conservación de la máquina son ahora sumamente reducidos. Cuando estaba el antiguo comandante, yo tenía a mi disposición una suma de dinero con esa única finalidad. Había aquí un depósito, donde se guardaban piezas de repuesto de todas clases. Confieso que he sido bastante pródigo con ellas, me refiero a antes, no ahora, como insinúa el nuevo comandante, para quien todo es un motivo de ataque contra el antiguo orden. Ahora se ha hecho cargo personalmente del dinero destinado a la máquina, y si le mando pedir una nueva correa, me pide, como prueba, la correa rota; la nueva llega por lo menos diez días después, y además es de mala calidad, y no sirve de mucho. Cómo puede funcionar mientras tanto la máquina sin correas, eso no le preocupa a nadie.

El explorador pensó: siempre hay que reflexionar un poco antes de intervenir decisivamente en los asuntos de los demás. Él no era ni miembro de la colonia penitenciaria, ni ciudadano del país al que ésta pertenecía. Si pretendía emitir juicios sobre la ejecución o trataba directamente de obstaculizarla, podían decirle: "Eres un extranjero, no te metas". Ante esto no podía contestar nada, sólo agregar que realmente no comprendía su propia actitud, y de ningún modo pretendía modificar los métodos judiciales de los demás. Pero aquí se encontraba con cosas que realmente lo tentaban a quebrar su resolución de no inmiscuirse. La injusticia del procedimiento y la inhumanidad de la ejecución eran indudables. Nadie podía suponer que el explorador tenía algún interés personal en el asunto, porque el condenado era para él un desconocido, no era compatriota suyo, y ni siquiera era capaz de inspirar compasión. El explorador había sido recomendado por personas muy importantes, había sido recibido con gran cortesía, y el hecho de que lo hubieran invitado a la ejecución podía justamente significar que se deseaba conocer su opinión sobre el asunto. Esto parecía bastante probable, porque el comandante, como bien claramente acababan de expresarle, no era partidario de esos procedimientos, y su actitud ante el oficial era casi hostil.

En ese momento oyó el explorador un grito furioso del oficial. Acababa de colocar, no sin gran esfuerzo, la mordaza de fieltro dentro de la boca del condenado, cuando este último, con una náusea irresistible, cerró los ojos y vomitó. Rápidamente el oficial le alzó la cabeza, alejándola de la mordaza y tratando de dirigirla hacia el hoyo; pero era demasiado tarde, y el vómito se derramó sobre la máquina.

–¡Todo esto es culpa del comandante! –gritó el oficial, sacudiendo insensatamente la barra de cobre que tenía enfrente–. Me dejarán la máquina más sucia que una pocilga –y con manos temblorosas mostró al explorador lo que había ocurrido–. Durante horas he tratado de hacerle comprender al comandante que el condenado debe ayunar un día entero antes de la ejecución. Pero nuestra nueva doctrina compasiva no lo quiere así. Las señoras del comandante visitan al condenado y le atiborran la garganta de dulces. Durante toda la vida se alimentó con peces hediondos, y ahora necesita comer dulces. Pero en fin, podríamos pasarlo por alto, yo no protestaría, pero ¿por qué no quieren conseguirme una nueva mordaza de fieltro, ya que hace tres meses que la pido? ¿Quién podría meterse en la boca, sin asco, una mordaza que más de cien moribundos han chupado y mordido?

El condenado había dejado caer la cabeza y parecía tranquillo; mientras tanto, su camisa era usada por el soldado para limpiar la máquina. El oficial se dirigió hacia el explorador, que tal vez por un presentimiento retrocedió un paso, pero el oficial lo cogió por la mano y lo llevó aparte.

—Quisiera hablar confidencialmente algunas palabras con usted —dijo este último—. ¿Me lo permite?

—Naturalmente —dijo el explorador, y escuchó con la mirada baja.

—Este procedimiento judicial, y este método de castigo, que usted tiene ahora oportunidad de admirar, no goza actualmente en nuestra colonia de ningún abierto partidario. Soy su único sostenedor, y al mismo tiempo el único sostenedor de la tradición del antiguo comandante. Ya ni podría pensar en la menor ampliación del procedimiento, y necesito emplear todas mis fuerzas para mantenerlo tal como es actualmente. En vida de nuestro antiguo comandante, la colonia estaba llena de partidarios; yo poseo en parte la fuerza de convicción del antiguo comandante, pero carezco totalmente de su poder; en consecuencia, los partidarios se ocultan; todavía hay muchos, pero ninguno lo confiesa. Si usted entra hoy, que es día de ejecución, en la confitería, y escucha las conversaciones, tal vez sólo oiga frases de sentido ambiguo. Esos son todos partidarios, pero bajo el comandante actual, y con sus doctrinas actuales, no me sirven absolutamente de nada. Y ahora le pregunto: ¿le

parece bien que por culpa de este comandante y sus señoras, que influyen sobre él, semejante obra de toda una vida
–y señaló la maquinaria– desaparezca? ¿Podemos permitir-
lo? Aun cuando uno sea un extranjero, y sólo haya venido
a pasar un par de días en nuestra isla. Pero no podemos
perder tiempo, porque también se prepara algo contra mis
funciones judiciales; ya tienen lugar conferencias en la oficina del comandante, de las que me veo excluido; hasta su
visita de hoy, señor, me parece formar parte de un plan;
por cobardía, lo utilizan a usted, un extranjero, como pan-
talla. ¡Qué diferente era la ejecución en otros tiempos! Ya
un día antes de la ceremonia, el valle estaba completamente
lleno de gente; todos venían sólo para ver; por la mañana
temprano aparecía el comandante con sus señoras; las fan-
farrias despertaban a todo el campamento; yo presentaba
un informe de que todo estaba preparado; todo el estado
mayor –ningún alto oficial se atrevía a faltar– se ubicaba en
torno de la máquina; este montón de sillas de mimbre es un
mísero resto de aquellos tiempos. La máquina resplande-
cía, recién limpiada; antes de cada ejecución me entregaban
piezas nuevas de repuesto. Ante cientos de ojos –todos los
asistentes en puntas de pie, hasta en la cima de esas colinas– el condenado era colocado por el mismo comandante
debajo del Rastrillo. Lo que hoy corresponde a un simple
soldado, era en esa época tarea mía, tarea del juez presi-
dente del juzgado, y un gran honor para mí. Y entonces
empezaba la ejecución. Ningún ruido discordante afecta-
ba el funcionamiento de la máquina. Muchos ya no miraban; permanecían con los ojos cerrados, en la arena; todos
sabían: ahora se hace justicia. En ese silencio, sólo se oían
los suspiros del condenado, apenas apagados por el fieltro.
Hoy la máquina ya no es capaz de arrancar al condenado
un suspiro tan fuerte que el fieltro no pueda apagarlo totalmente; pero en ese entonces las agujas inscriptoras vertían
un líquido ácido, que hoy ya no nos permiten emplear. ¡Y
llegaba la sexta hora! Era imposible satisfacer todos los pedi-

dos formulados para contemplarla desde cerca. El comandante, muy sabiamente, había ordenado que los niños tendrían preferencia sobre todo el mundo; yo, por supuesto, gracias a mi cargo, tenía el privilegio de permanecer junto a la máquina; a menudo estaba en cuclillas, con un niñito en cada brazo, a derecha e izquierda. ¡Cómo absorbíamos todos esa expresión de transfiguración que aparecía en el rostro martirizado! ¡Cómo nos bañábamos las mejillas en el resplandor de esa justicia, por fin lograda y que tan pronto desaparecería! ¡Qué tiempos, camarada!

El oficial había evidentemente olvidado quién era su interlocutor; lo había abrazado, y apoyaba la cabeza sobre su hombro. El explorador se sentía realmente desconcertado; inquieto, miraba hacia la lejanía. El soldado había terminado su limpieza, y ahora vertía pulpa de arroz en el recipiente. Apenas la advirtió el condenado, que parecía haberse mejorado completamente, comenzó a lamer la papilla con la lengua. El soldado trataba de alejarlo, porque la papilla era para más tarde, pero de todos modos también era incorrecto que el soldado metiera en el recipiente sus sucias manos, y se dedicara a comer ante el ávido condenado.

El oficial recobró rápidamente el dominio de sí mismo.

—No quise emocionarlo —dijo—, ya sé que actualmente es imposible dar una idea de lo que eran esos tiempos. De todos modos, la máquina todavía funciona y se basta a sí misma, aunque se encuentra muy solitaria en este valle. Y, al terminar, el cadáver cae como antaño dentro del hoyo, con un movimiento incomprensiblemente suave, aunque ya no se apiñan las muchedumbres como moscas en torno de la sepultura, como en otros tiempos. Antaño teníamos que colocar una sólida baranda en torno de la sepultura, pero hace mucho que la arrancamos.

El explorador quería ocultar su rostro al oficial, y miraba en torno, al azar. El oficial creía que contemplaba la desolación del valle; le tomó por lo tanto las manos, se colocó frente a él, para mirarlo en los ojos, y le preguntó:

–¿Se da cuenta? ¡Qué vergüenza!

Pero el explorador se mantuvo en silencio. El oficial lo dejó un momento entregado a sus pensamientos; con las manos en las caderas, las piernas abiertas, permaneció callado, cabizbajo. Luego sonrió alentadoramente al explorador, y dijo:

–Yo estaba ayer cerca de usted cuando el comandante lo invitó. Oí la invitación. Conozco al comandante. Inmediatamente comprendí el propósito de esta invitación. Aunque su poder es suficientemente grande para tomar medidas contra mí, todavía no se atreve, pero ciertamente tiene la intención de oponerme el veredicto de usted, el veredicto del ilustre extranjero. Lo ha calculado perfectamente: hace dos días que usted está en la isla, no conoció al antiguo comandante, ni su manera de pensar, está habituado a los puntos de vista europeos, tal vez se opone fundamentalmente a la pena capital en general y a estos tipos de castigo mecánico en particular; además comprueba que la ejecución tiene lugar sin ningún apoyo popular, tristemente, mediante una máquina ya un poco arruinada; considerando todo esto (así piensa el comandante), ¿no sería entonces muy probable que desaprobara mis métodos? Y si los desaprobara, no ocultaría su desaprobación (hablo siempre en nombre del comandante), porque confía ampliamente en sus bien probadas conclusiones. Es verdad que usted ha visto las numerosas peculiaridades de numerosos pueblos, y ha aprendido a apreciarlas, y por lo tanto es probable que no se exprese con excesivo rigor contra el procedimiento, como lo haría en su propio país. Pero el comandante no necesita tanto. Una palabra cualquiera, hasta una observación un poco imprudente le bastaría. No hace siquiera falta que esa observación exprese su opinión, basta que aparentemente corrobore la intención del comandante. Que él tratará de sonsacarlo con preguntas astutas, de eso estoy seguro. Y sus señoras estarán sentadas en torno, y alzarán las orejas; tal vez usted diga: "En mi país el procedimiento judicial es distinto" o

"En mi país se permite al acusado defenderse antes de la sentencia" o "En mi país hay otros castigos, además de la pena de muerte" o "En mi país sólo existió la tortura en la Edad Media". Todas éstas son observaciones correctas y que a usted le parecen evidentes, observaciones inocentes, que no pretenden juzgar mis procedimientos. Pero ¿cómo las tomará el comandante? Ya lo veo al buen comandante, veo cómo aparta su silla y sale rápidamente al balcón, veo a sus señoras, que se precipitan tras él como un torrente, oigo su voz (las señoras la llaman una voz de trueno) que dice: "Un famoso investigador europeo, enviado para estudiar el procedimiento judicial en todos los países del mundo, acaba de decir que nuestra antigua justicia es inhumana. Después de oír el juicio de semejante personalidad, ya no me es posible seguir permitiendo este procedimiento. Por la tanto, ordeno que desde el día de hoy..." y así sucesivamente. Usted trata de interrumpirlo para explicar que no dijo lo que él pretende, que no llamó nunca inhumano mi procedimiento, que en cambio su profunda experiencia le demuestra que es el procedimiento más humano y acorde con la dignidad humana, que admira esta maquinaria... pero ya es demasiado tarde; usted no puede asomarse al balcón, que está lleno de damas; trata de llamar la atención; trata de gritar; pero una mano de señora le tapa la boca... y tanto yo como la obra del antiguo comandante estamos irremediablemente perdidos.

El explorador tuvo que contener una sonrisa; tan fácil era entonces la tarea que le había parecido tan difícil. Dijo evasivamente:

—Usted exagera mi influencia; el comandante leyó mis cartas de recomendación, y sabe que no soy ningún entendido en procedimientos judiciales. Si yo expresara una opinión, sería la opinión de un particular, en nada más significativa que la opinión de cualquier otra persona, y en todo caso mucho menos significativa que la opinión del comandante, que según creo posee en esta colonia penitenciaria prerrogativas extensísimas. Si la opinión de él sobre este procedimiento es tan hostil como usted dice, entonces me temo que haya llegado la hora decisiva para el mismo, sin que se requiera mi humilde ayuda.

¿Lo había comprendido ya el oficial? No, todavía no lo comprendía. Meneó enfáticamente la cabeza, volvió brevemente la mirada hacia el condenado y el soldado, que se alejaron por instinto del arroz, se acercó bastante al explorador, lo miró no en los ojos, sino en algún sitio de la chaqueta, y le dijo con más lentitud que antes:

–Usted no conoce al comandante; usted cree (perdone la expresión) que es una especie de extraño para él y para nosotros; sin embargo, créame, su influjo no podría ser subestimado. Fue una verdadera felicidad para mí saber que usted asistiría solo a la ejecución. Esa orden del comandante debía perjudicarme, pero yo sabré sacar ventaja de ella. Sin distracciones provocadas por falsos murmullos y por miradas desdeñosas (imposibles de evitar si una gran multitud hubiera asistido a la ejecución), usted ha oído mis explicaciones, ha visto la máquina, y está ahora a punto de contemplar la ejecución. Ya se ha formado indudablemente un juicio; si todavía no está seguro de algún pequeño detalle el desarrollo de la ejecución disipará sus últimas dudas. Y ahora elevo ante usted esta súplica: ayúdeme contra el comandante.

El explorador no le permitió proseguir.

–¡Cómo me pide usted eso! –exclamó–. ¡Es totalmente imposible! No puedo ayudarlo en lo más mínimo, así como tampoco puedo perjudicarlo.

–Puede –dijo el oficial; con cierto temor, el explorador vio que el oficial contraía los puños–. Puede –repitió el oficial con más insistencia todavía–. Tengo un plan, que no fallará. Usted cree que su influencia no es suficiente. Yo sé que es suficiente. Pero suponiendo que usted tuviera razón, ¿no sería de todos modos necesario tratar de utilizar toda clase de recursos aunque dudemos de su eficacia, con tal de conservar el antiguo procedimiento? Por lo tanto escuche usted mi plan. Ante todo, es necesario para su éxito que hoy, cuando se encuentre usted en la colonia, sea lo más reticente posible en sus juicios sobre el procedimiento. A menos que le formulen una pregunta directa, no debe decir una palabra sobre el asunto; si lo hace, que sea con frases breves y ambiguas; debe dar a entender que no le agrada discutir ese tema, que ya está harto de él, que si tuviera que decir algo prorrumpiría francamente en maldiciones. No le pido que mienta; de ningún modo; sólo debe contestar lacónicamente, por ejemplo: "Sí, asistí a la ejecución" o "Sí, escuché todas las explicaciones". Sólo eso, nada más. En cuanto al fastidio que usted pueda dar a entender, tiene motivos suficientes, aunque no sean tan evidentes para el comandante. Naturalmente, éste comprenderá todo mal, y lo interpretará a su manera. En eso se basa justamente mi plan. Mañana se realizará en la oficina del comandante, presidida por éste, una gran asamblea de todos los altos oficiales administrativos. El comandante, por supuesto, ha logrado convertir esas asambleas en un espectáculo público. Hizo construir una galería, que está siempre llena de espectadores. Estoy obligado a tomar parte en las asambleas, pero me enferman de asco. Ahora bien, pase lo que pase, es seguro que a usted lo invitarán; si se atiene hoy a mi plan, la invitación se convertirá en una insistente súplica. Pero si por cualquier motivo imprevisible no fuera invitado, debe usted de todos modos pedir que lo inviten; es indudable que así lo harán. Por lo tanto, mañana estará usted sentado con las señoras en el palco del comandante. Él mira a menudo hacia arriba, para asegurarse de su presencia. Después de varias órdenes del día, triviales y ridículas, calculadas para impresionar al auditorio —en su mayoría son obras portuarias, ¡eternamente obras portuarias!–, se pasa a discutir nuestro procedimiento judicial. Si eso no ocurre, o no ocurre bastante pronto, por desidia del comandante, me encargaré yo de introducir el tema. Me pondré de pie y mencionaré que la ejecución de hoy tuvo lugar. Muy breve, una simple mención. Semejante mención no es en realidad usual, pero no importa. El comandante me da las gracias, como siempre, con una sonrisa amistosa, y ya sin poder contenerse aprovecha la excelente oportunidad. "Acaban de anunciar –más o menos así dirá– que ha tenido lugar la ejecución. Sólo quisiera agregar a este anuncio que dicha ejecución ha sido presenciada por el gran investigador que como ustedes saben honra extraordinariamente nuestra colonia con su visita. También nuestra asamblea de hoy adquiere singular significado gracias a su presencia. ¿No convendría ahora preguntar a este famoso investigador qué juicio le merece nuestra forma tradicional de administrar la pena capital, y el procedimiento judicial que la precede?". Naturalmente, aplauso general, acuerdo unánime, y mío más que de nadie. El comandante se inclina ante usted, y dice: "Por lo tanto, le formulo en nombre de todos dicha pregunta". Y entonces usted se adelanta hacia la baranda del palco. Apoya las manos donde todos pueden verlas, porque si no se las cogerán las señoras y jugarán con sus dedos. Y por fin se escucharán sus palabras. No sé cómo podré soportar la tensión de la espera hasta ese instante. En su discurso no debe haber ninguna reticencia, diga la verdad a pleno pulmón, inclínese sobre el borde del balcón, grite, sí, grite al comandante su opinión, su inconmovible opinión. Pero tal vez no le guste a usted esto, no corresponde a su carácter, o quizá en su país uno se comporta diferente en esas ocasiones; bueno, está bien, también así será suficientemente eficaz, no hace falta que se ponga de pie, diga solamente un par de palabras, susúrrelas, que sólo los oficiales que están debajo de usted las oigan, es suficiente, no necesita mencionar siquiera la falta de apoyo popular a la ejecución, ni la rueda que chirría, ni las correas rotas, ni el nauseabundo fieltro, no, yo me encargo de todo eso, y le aseguro que si mi discurso no obliga al comandante a abandonar el salón, lo obligará a arrodillarse y reconocer: "Antiguo comandante, ante ti me inclino". Este es mi plan; ¿quiere ayudarme a realizarlo? Pero, naturalmente, usted quiere; aún más, debe ayudarme.

El oficial cogió al explorador por ambos brazos, y lo miró en los ojos, respirando agitadamente. Había gritado con tal fuerza las últimas frases, que hasta el soldado y el condenado se habían puesto a escuchar; aunque no podían entender nada, habían dejado de comer y dirigían la mirada hacia el explorador, masticando todavía.

Desde el primer momento el explorador no había dudado de cuál debía ser su respuesta. Durante su vida había reunido demasiada experiencia para dudar en este caso; era una persona fundamentalmente honrada y no conocía el temor. Sin embargo, contemplando al soldado y al condenado, vaciló un instante. Por fin dijo lo que debía decir:

–No.

El oficial parpadeó varias veces, pero no desvió la mirada.

–¿Desea usted una explicación? –preguntó el explorador.

El oficial asintió, sin hablar.

–Desapruebo este procedimiento –dijo entonces el explorador–, aun desde antes de que usted me hiciera estas confidencias (por supuesto que bajo ninguna circunstancia traicionaré la confianza que ha puesto en mí), ya me había preguntado si sería mi deber intervenir, y si mi intervención tendría después de todo alguna posibilidad de éxito. Pero sabía perfectamente a quién debía dirigirme en primera instancia: naturalmente al comandante. Usted lo ha hecho más indudable aún, aunque confieso que no sólo no ha fortalecido mi decisión, sino que su honrada convicción ha llegado a conmoverme mucho, por más que no logre modificar mi opinión.

El oficial callaba; se volvió hacia la máquina, se tomó de una de las barras de bronce, y contempló, un poco echado hacia atrás, el Diseñador, como para comprobar que todo estaba en orden. El soldado y el condenado parecían haberse hecho amigos; el condenado hacía señales al soldado, aunque sus sólidas ligaduras dificultaban notablemente la operación; el soldado se inclinó hacia él; el condenado le susurró algo y el soldado asintió.

El explorador se acercó al oficial, y dijo:

–Todavía no sabe usted lo que pienso hacer. Comunicaré al comandante, en efecto, lo que opino del procedimiento, pero no en una asamblea, sino en privado; además, no me quedaré aquí lo suficiente para asistir a ninguna conferencia; mañana por la mañana me voy, o por lo menos me embarco.

No parecía que el oficial lo hubiera escuchado.

–Así que el procedimiento no lo convence –dijo éste para sí, y sonrió, como un anciano que se ríe de la insensatez de un niño, y a pesar de la sonrisa prosigue sus propias meditaciones–. Entonces, llegó el momento –dijo por fin, y miró de pronto al explorador con clara mirada, en la que se veía cierto desafío, cierto vago pedido de cooperación.

–¿Cuál momento? –preguntó inquieto el explorador, sin obtener respuesta.

–Eres libre –dijo el oficial al condenado, en su idioma; el hombre no quería creerlo–. Vamos, eres libre –repitió el oficial.

Por primera vez, el rostro del condenado parecía realmente animarse. ¿Sería verdad? ¿No sería un simple capricho del oficial, que no duraría ni un instante? ¿Tal vez el explorador extranjero había suplicado que lo perdonaran? ¿Qué ocurría? Su cara parecía formular estas preguntas. Pero por poco tiempo. Fuera lo que fuese, deseaba ante todo sentirse realmente libre, y comenzó a retorcerse en la medida que el Rastrillo se lo permitía.

–Me romperás las correas –gritó el oficial–, quédate quieto. Ya te desataremos.

Y después de hacer una señal al soldado, pusieron manos a la obra. El condenado sonreía sin hablar, para sí mismo, volviendo la cabeza ora hacia la izquierda, hacia el oficial, ora hacia el soldado, a la derecha; y tampoco olvidó al explorador.

–Sácalo de allí –ordenó el oficial al soldado.

A causa del Rastrillo, esta operación exigía cierto cuidado. Ya el condenado, por culpa de su impaciencia, se había provocado una pequeña herida desgarrante en la espalda.

Desde este momento, el oficial no le prestó la menor atención. Se acercó al explorador, volvió a sacar el pequeño portafolio de cuero, buscó en él un papel, encontró por fin la hoja que buscaba, y la mostró al explorador.

–Lea esto –dijo.

–No puedo –dijo el explorador –, ya le dije que no puedo leer esos planos.

–Mírelo con más atención, entonces –insistió el oficial, y se acercó más al explorador, para que leyeran juntos.

Como tampoco esto resultó de ninguna utilidad, el oficial trató de ayudarlo, siguiendo la inscripción con el dedo meñique, a gran altura, como si en ningún caso debiera tocar el plano. El explorador hizo un esfuerzo para mostrarse amable con el oficial, por lo menos en algo, pero sin éxito. Entonces el oficial comenzó a deletrear la inscripción, y luego la leyó entera.

–"Sé justo", dice –explicó–; ahora puede leerla.

El explorador se agachó sobre el papel, que el oficial, temiendo que lo tocara, alejó un poco; el explorador no dijo absolutamente nada, pero era evidente que todavía no había conseguido leer una letra.

–"Sé justo", dice –repitió el oficial.

–Puede ser –dijo el explorador–, estoy dispuesto a creer que así es.

–Muy bien –dijo el oficial, por lo menos en parte satisfecho–, y trepó la escalera con el papel en la mano; con gran cuidado lo colocó dentro del Diseñador, y pareció cambiar toda la disposición de los engranajes; era una labor muy difícil, seguramente había que manejar rueditas muy diminutas; a menudo la cabeza del oficial desaparecía completamente dentro del Diseñador, tanta exactitud requería el montaje de los engranajes.

Desde abajo, el explorador contemplaba incesantemente su labor, con el cuello endurecido, y los ojos doloridos por el reflejo del sol sobre el cielo. El soldado y el condenado estaban ahora muy ocupados. Con la punta de la bayoneta, el soldado pescó del fondo del hoyo la camisa y los pantalones del condenado. La camisa estaba espantosamente sucia, y el condenado la lavó en el balde de agua. Cuando se puso la camisa y los pantalones, tanto el soldado como el condenado se rieron estrepitosamente, porque las ropas estaban rasgadas por detrás. Tal vez el condenado se creía en la obligación de entretener al soldado, y con sus ropas desgarradas giraba delante de él; el soldado se había puesto en cuclillas y a causa de la risa se golpeaba las rodillas. Pero trataban de contenerse, por respeto hacia los presentes.

Cuando el oficial terminó arriba con su trabajo, revisó nuevamente todos los detalles de la maquinaria, sonriendo, pero esta vez cerró la tapa del Diseñador, que hasta ahora había estado abierta; descendió, miró el hoyo, luego al condenado, advirtió satisfecho que éste había recuperado sus ropas, luego se dirigió al balde, para lavarse las manos. Descubrió demasiado tarde que estaba repugnantemente sucio, se entristeció porque ya no podía lavarse las manos, finalmente las hundió en la arena –este sustituto no le agradaba mucho, pero tuvo que conformarse–, luego se puso de pie y comenzó a desabotonarse el uniforme. Le cayeron entonces en la mano dos pañuelos de mujer que tenía metidos debajo del cuello.

–Aquí tienes tus pañuelos –dijo, y se los arrojó al condenado.

Y explicó al explorador:

–Regalo de las señoras.

A pesar de la evidente prisa con que se quitaba la chaqueta del uniforme, para luego desvestirse totalmente, trataba cada prenda de vestir con sumo cuidado; acarició ligeramente con los dedos los adornos plateados de su chaqueta, y colocó una borla en su lugar. Este cuidado parecía, sin embargo, innecesario, porque apenas terminaba de acomodar una prenda, inmediatamente, con una especie de estremecimiento de desagrado, la arrojaba dentro del hoyo. Lo último que le quedó fue su espadín y el cinturón que lo sostenía. Sacó el espadín de la vaina, lo rompió, luego reunió todos los trozos de espada, la vaina y el cinturón, y los arrojó con tanta violencia que los fragmentos resonaron al caer en el fondo.

Ya estaba desnudo. El explorador se mordió los labios y no dijo nada. Sabía muy bien lo que iba a ocurrir, pero no tenía ningún derecho de inmiscuirse. Si el procedimiento judicial, que tanto significaba para el oficial, estaba realmente tan próximo a su desaparición –posiblemente como consecuencia de la intervención del explorador, lo que para éste era una ineludible obligación–, entonces el oficial hacía lo que debía hacer; en su lugar el explorador no habría procedido de otro modo.

Al principio, el soldado y el condenado no comprendían; para empezar, ni siquiera miraban. El condenado estaba muy contento de haber recuperado los pañuelos, pero esta alegría no le duró mucho porque el soldado se los arrancó, con un ademán rápido e inesperado. Ahora el condenado trataba de arrancarle a su vez los pañuelos al soldado; éste se los había metido debajo del cinturón, y se mantenía alerta. Así luchaban, medio en broma. Sólo cuando el oficial apareció completamente desnudo, prestaron atención. Sobre todo el condenado pareció impresionado por la idea de este asombroso trueque de la suerte. Lo que le había sucedido a él, ahora le sucedía al oficial. Tal vez hasta el final. Aparentemente, el explorador extranjero había dado la orden. Por lo tanto, esto era la venganza. Sin haber sufrido hasta el fin, ahora sería vengado hasta el fin. Una amplia y silenciosa sonrisa apareció entonces en su rostro, y no desapareció más. Mientras tanto, el oficial se dirigió hacia la máquina. Aunque ya había demostrado con largueza que la comprendía, era sin embargo casi alucinante ver cómo la manejaba, y cómo ella le respondía. Apenas acercaba una mano al Rastrillo, ésta se levantaba y bajaba varias veces, hasta adoptar la posición correcta para recibirlo; tocó apenas el borde de la Cama, y ésta comenzó inmediatamente a vibrar; la mordaza de fieltro se aproximó a su boca; se veía que el oficial hubiera preferido no ponérsela, pero su vacilación sólo duró un instante, luego se sometió y aceptó la mordaza en la boca. Todo estaba preparado; sólo las correas pendían a los costados, pero eran evidentemente innecesarias, no hacía falta sujetar al oficial. Pero el condenado advirtió las correas sueltas; como según su opinión la ejecución era incompleta si no se sujetaban las correas, hizo un gesto ansioso al soldado, y ambos se acercaron para atar al oficial. Éste había extendido ya un pie, para empujar la manivela que hacía funcionar el Diseñador; pero vio que los dos se acercaban, y retiró el pie, dejándose atar con las correas. Pero ahora ya no podía alcanzar la manivela; ni el soldado ni el condenado sabrían encontrarla, y el explorador estaba decidido a no moverse. No hacía falta; apenas se cerraron las correas, la máquina comenzó a funcionar; la Cama vibraba, las agujas bailaban sobre la piel, el Rastrillo subía y bajaba. El explorador miró fijamente, durante un rato; de pronto recordó que una rueda del Diseñador hubiera debido chirriar; pero no se oía ningún ruido, ni siquiera el más leve zumbido.

Trabajando tan silenciosamente, la máquina pasaba casi inadvertida. El explorador miró hacia el soldado y el condenado. El condenado mostraba más animación, todo en la máquina le interesaba, de pronto se agachaba, de pronto se estiraba, y todo el tiempo mostraba algo al soldado con el índice extendido. Para el explorador, esto era penoso. Estaba decidido a permanecer allí hasta el final, pero la vista de esos dos hombres le resultaba insoportable.

–Vuelvan a casa –dijo.

El soldado estaba dispuesto a obedecerlo, pero el condenado consideró la orden como un castigo. Con las manos juntas imploró lastimeramente que le permitieran quedarse, y como el explorador meneaba la cabeza, y no quería ceder, terminó por arrodillarse. El explorador comprendió que las órdenes eran inútiles, y decidió acercarse y sacarlos a empujones. Pero oyó un ruido arriba, en el Diseñador. Alzó la mirada. ¿Finalmente habría decidido andar mal la famosa rueda? Pero era otra cosa. Lentamente, la tapa del Diseñador se levantó, y de pronto se abrió del todo. Los dientes de una rueda emergieron y subieron; pronto apareció toda la rueda, como si alguna enorme fuerza en el interior del Diseñador comprimiera las ruedas, de modo que ya no hubiera lugar para ésta; la rueda se desplazó hasta el borde del Diseñador, cayó, rodó un momento sobre el canto por la arena, y luego quedó inmóvil. Pero pronto subió otra, y otras la siguieron, grandes, pequeñas, imperceptiblemente diminutas; con todas ocurría lo mismo, siempre parecía que el Diseñador ya debía de estar totalmente vacío, pero aparecía un nuevo grupo, extraordinariamente numeroso, subía, caía, rodaba por la arena y se detenía. Ante este fenómeno, el condenado olvidó por completo la orden del explorador, las ruedas dentadas lo fascinaban, siempre quería coger alguna, y al mismo tiempo pedía al soldado que lo ayudara, pero retiraba la mano con temor, porque en ese momento caía otra rueda que por lo menos en el primer instante lo atemorizaba.

El explorador, en cambio, se sentía muy inquieto; la máquina estaba evidentcmente haciéndose trizas; su andar silencioso ya era una mera ilusión. El extranjero tenía la sensación de que ahora debía ocuparse del oficial, ya que el oficial no podía ocuparse más de sí mismo. Pero mientras la caída de los engranajes absorbía toda su atención, se olvidó del resto de la máquina; cuando cayó la última rueda del Diseñador, el explorador se volvió hacia el Rastrillo, y recibió una nueva y más desagradable sorpresa. El Rastrillo no escribía, sólo pinchaba, y la Cama no hacía girar el cuerpo, sino que lo levantaba temblando hacia las agujas. El explorador quiso hacer algo que pudiera detener el conjunto de la máquina, porque esto no era la tortura que el oficial había buscado sino una franca matanza. Extendió las manos. En ese momento el Rastrillo se elevó hacia un costado con el cuerpo atravesado en ella, como solía hacer después de la duodécima hora. La sangre corría por un centenar de heridas, no ya mezclada con agua, porque también los canalículos del agua se habían descompuesto. Y ahora falló también la última función; el cuerpo no se desprendió de las largas agujas; manando sangre, pendía sobre el hoyo de la sepultura, sin caer. El Rastrillo quiso volver entonces a su anterior posición, pero como si él mismo advirtiera que no se había librado todavía de su carga, permaneció suspendido sobre el hoyo.

—Ayúdenme —gritó el explorador al soldado y al condenado, y agarró los pies del oficial.

Quería empujar los pies, mientras los otros dos sostenían del otro lado la cabeza del oficial, para desengancharlo lentamente de las agujas. Pero ninguno de los dos se decidía a acercarse; el condenado terminó por alejarse; el explorador tuvo que ir a buscarlos y empujarlos a la fuerza hasta la cabeza del oficial. En ese momento, casi contra su voluntad, vio el rostro del cadáver. Era como había sido en vida; no se descubría en él ninguna señal de la prometida redención; lo que todos los demás habían hallado en la máquina, el oficial no lo había hallado; tenía los labios apretados, los ojos abiertos, con la misma expresión de siempre, la mirada tranquila y convencida; y atravesada en medio de la frente la punta de la gran aguja de hierro.

Cuando el explorador llegó a las primeras casas de la colonia, seguido por el condenado y el soldado, éste le mostró uno de los edificios y le dijo:

—Esa es la confitería.

En la planta baja de una casa había un espacio profundo, de techo bajo, cavernoso, de paredes y cielo raso ennegrecidos por el humo. Todo el frente que daba a la calle estaba abierto. Aunque esta confitería no se distinguía mucho de las demás casas de la colonia, todas en notable mal estado de conservación (aun el palacio donde se alojaba el comandante), no dejó de causar en el explorador una sensación como de evocación histérica, al permitirle vislumbrar la grandeza de los tiempos idos. Se acercó y entró, seguido por sus acompañantes, entre las mesitas vacías, dispuestas en la calle frente al edificio, y respiró el aire fresco y cargado que provenía del interior.

—El viejo está enterrado aquí —dijo el soldado—, porque el cura le negó un lugar en el camposanto. Dudaron un tiempo dónde lo enterrarían, finalmente lo enterraron aquí. El oficial no le contó a usted nada, seguramente, porque ésta era, por supuesto, su mayor vergüenza. Hasta trató varias veces de desenterrar al viejo, de noche, pero siempre lo echaban.

—¿Dónde está la tumba? —preguntó el explorador, que no podía creer lo que oía.

Inmediatamente, el soldado y el condenado le mostraron con la mano dónde debía de encontrarse la tumba. Condujeron al explorador hasta la pared; en torno de algunas mesitas estaban sentados varios clientes. Aparentemente eran obreros del puerto, hombres fornidos, de barba corta, negra y luciente. Todos estaban sin chaqueta, tenían las camisas rotas, era gente pobre y humilde. Cuando el explorador se acercó, algunos se levantaron, se ubicaron junto a la pared, y lo miraron.

—Es un extranjero —murmuraban en torno de él—, quiere ver la tumba.

Corrieron hacia un lado una de las mesitas, debajo de la cual se encontraba realmente la lápida de una sepultura. Era una lápida simple, bastante baja, de modo que una mesa podía cubrirla. Mostraba una inscripción de letras diminutas; para leerlas, el explorador tuvo que arrodillarse. Decía así: "Aquí yace el antiguo comandante. Sus partidarios, que ya deben de ser incontables, cavaron esta tumba y colocaron esta lápida. Una profecía dice que después de determinado número de años el comandante resurgirá, desde esta casa conducirá a sus partidarios para reconquistar la colonia. ¡Crean y esperen!" Cuando el explorador terminó de leer y se levantó, vio que los hombres se reían, como si hubieran leído con él la inscripción, y ésta les hubiera parecido risible, y esperaban que él compartiera esa opinión. El explorador simuló no advertirlo, les repartió algunas monedas, esperó hasta que volvieran a correr la mesita sobre la tumba, salió de la confitería y se encaminó hacia el puerto.

El soldado y el condenado habían encontrado algunos conocidos en la confitería, y se quedaron conversando. Pero pronto se desligaron de ellos, porque cuando el explorador se encontraba por la mitad de la larga escalera que descendía hacia la orilla, lo alcanzaron corriendo. Probablemente querían pedirle a último momento que los llevara consigo. Mientras el explorador discutía abajo con un barquero el precio del transporte hasta el vapor, se precipitaron ambos por la escalera, en silencio, porque no se atrevían a gritar. Pero cuando llegaron abajo, el explorador ya estaba en el bote, y el barquero acababa de desatarlo de la costa. Todavía podían saltar dentro del bote, pero el explorador alzó del fondo del barco un cable pesado, los amenazó con él y evitó que saltaran.

Preocupaciones de un padre de familia

(en *Un médico rural*, 1919)

Hay quienes dicen que la palabra "odradek" precede del esloveno, y sobre esta base tratan de establecer su etimología. Otros, en cambio, creen que es de origen alemán, con alguna influencia del esloveno. Sin embargo la incertidumbre de ambos supuestos despierta la sospecha de que ninguno de los dos sea correcto, sobre todo porque no permiten determinar el sentido de esa palabra.

Como es lógico, nadie se preocuparía por semejante investigación si no fuera porque existe realmente un ser llamado Odradek. A primera vista tiene el aspecto de un carrete de hilo en forma de estrella plana. Parece cubierto de hilo, pero más bien se trata de pedazos de hilo, de los tipos y colores más diversos, anudados o apelmazados entre sí. Pero no es únicamente un carrete de hilo, pues de su centro emerge un pequeño palito, al que está fijado otro, en ángulo recto. Con ayuda de este último, por un lado, y con una especie de prolongación que tiene uno de los radios, por el otro, el conjunto puede sostenerse como sobre dos patas.

Uno siente la tentación de creer que esta criatura tuvo, tiempo atrás, una figura más razonable y que ahora está rota. Pero éste no parece ser el caso; al menos, no encuentro ningún indicio de ello; en ninguna parte se ven huellas de añadidos o de puntas de rotura que pudieran darnos una pista en ese sentido; aunque el conjunto es absurdo, parece completo en sí. Y no es posible dar más detalles, porque Odradek es muy movedizo y no se deja atrapar.

Habita alternativamente bajo la techumbre, en la escalera, en los pasillos y en el zaguán. A veces no se deja ver durante varios meses, como si se hubiese ido a otras casas, pero siempre vuelve a la nuestra. A veces, cuando uno sale por la puerta y lo descubre arrimado a la baranda, al pie de la escalera, entran ganas de hablar con él. No se le hacen preguntas difíciles, desde luego, porque, como es tan pequeño, uno lo trata como si fuera un niño.

–¿Cómo te llamas? –le pregunto.

–Odradek –me contesta.

–¿Y dónde vives?

–Domicilio indeterminado –dice y se ríe.

Es una risa como la que se podría producir si no se tuvieran pulmones. Suena como el crujido de hojas secas, y con ella suele concluir la conversación. A veces ni siquiera contesta y permanece tan callado como la madera de la que parece hecho.

En vano me pregunto qué será de él. ¿Acaso puede morir? Todo lo que muere debe haber tenido alguna razón de ser, alguna clase de actividad que lo ha desgastado. Y éste no es el caso de Odradek. ¿Acaso rodará algún día por la escalera, arrastrando unos hilos ante los pies de mis hijos y de los hijos de mis hijos? No parece que haga mal a nadie; pero casi me resulta dolorosa la idea de que me pueda sobrevivir.

El viejo manuscrito

(en *Un médico rural*, 1919)

Podría asegurarse que el sistema de defensa de nuestra patria presenta algunos defectos. Hasta el momento no nos hemos ocupado de ellos, sino de nuestras tareas cotidianas; pero algunos acontecimientos recientes nos inquietan.

Soy zapatero remendón; mi negocio da a la plaza del palacio imperial. Al amanecer, ni bien abro mis ventanas, ya veo soldados armados, apostados en cada una de las bocacalles que dan a la plaza. Pero no son soldados nuestros; son, es claro, nómades del Norte. De algún modo que no llego a comprender, han llegado hasta la capital, que, sin embargo, se encuentra bastante alejada de las fronteras. De todas maneras, allí están; su número parece aumentar cada día.

Como es su costumbre, acampan al aire libre y no aceptan las casas. Se entretienen afilando las espadas, sacándole punta a las flechas y llevando a cabo ejercicios ecuestres. Han convertido esta plaza tranquila y siempre pulcra en una verdadera pocilga. Muchas veces intentamos salir de nuestros negocios y hacer una recorrida para limpiar cuanto menos la basura más gruesa; pero esas salidas se tornan cada vez más escasas, porque es un trabajo inútil y además corremos el riesgo de hacernos aplastar por sus caballos salvajes o de que nos hieran con sus látigos.

Es imposible dialogar con los nómades. Desconocen nuestro idioma y casi no tienen idioma propio. Entre ellos se entienden como se entienden los cuervos. Todo el tiempo se escucha ese graznar de cuervos. Nuestras costumbres y nuestras instituciones les resultan tan incomprensibles como carentes de interés. Por esa razón ni siquiera intentan comprender nuestro lenguaje de señas. Uno puede dislocarse la mandíbula y las muñecas de tanto hacer ademanes; no entienden nada y nunca entenderán. Con frecuencia hacen muecas; en esas ocasiones ponen los ojos en blanco y les sale espuma por la boca, pero con eso nada quieren decir ni tampoco causan terror alguno; lo hacen por costumbre. Si necesitan algo, lo roban. No puede afirmarse que utilicen la violencia. Simplemente se apoderan de las cosas; uno se hace a un lado y se las cede.

Incluso de mi tienda se han llevado excelentes mercancías. Pero no puedo quejarme cuando veo, por ejemplo, lo que ocurre con el carnicero. Apenas llega su mercadería, los nómades se la llevan y la comen de inmediato. También sus caballos devoran carne; a menudo se ve a un jinete junto a su caballo comiendo del mismo trozo de carne, cada cual de una punta. El carnicero es miedoso y no se atreve a suspender los pedidos de carne. Pero nosotros comprendemos su situación y hacemos colectas para mantenerlo. Si los nómades se encontraran sin carne, nadie sabe lo que se les ocurriría hacer; por otra parte, quién sabe lo que se les ocurriría hacer comiendo carne todos los días.

Hace poco el carnicero pensó que podría ahorrarse, al menos, el trabajo de descuartizar, y una mañana trajo un buey vivo. Pero no se atreverá a hacerlo nuevamente. Yo me pasé toda una hora echado en el suelo, en el fondo de mi tienda, tapado con toda mi ropa, mantas y almohadas, para no oír los mugidos de ese buey mientras los nómades se abalanzaban desde todos lados sobre él y le arrancaban trozos de carne viva con los dientes. No me atreví a salir hasta mucho después de que el ruido cesara; como ebrios en torno de un tonel de vino, estaban tendidos por el agotamiento, alrededor de los restos del buey.

Precisamente en esa ocasión me pareció ver al emperador en persona asomado por una de las ventanas del palacio; casi nunca sale a las habitaciones exteriores y vive siempre en el jardín más interior, pero esa vez lo vi, o por lo menos me pareció verlo, ante una de las ventanas, contemplando cabizbajo lo que ocurría frente a su palacio.

—¿En qué terminará esto? —nos preguntamos todos—. ¿Hasta cuándo soportaremos esta carga y este tormento? El palacio imperial ha traído a los nómadas, pero no sabe cómo hacer para repelerlos. El portal permanece cerrado; los guardias, que antes solían entrar y salir marchando festivamente, ahora están siempre encerrados detrás de las rejas de las ventanas. La salvación de la patria sólo depende de nosotros, artesanos y comerciantes; pero no estamos preparados para semejante empresa; tampoco nos hemos jactado nunca de ser capaces de cumplirla. Hay cierta confusión, y esa confusión será nuestra ruina.

La condena. Una historia

(1913)

Era domingo por la mañana en lo más hermoso de la primavera. El joven comerciante Georg Bendemann estaba sentado en su habitación en el primer piso de una de las casas bajas y de construcción ligera que se extendían en hileras a lo largo del río, y que sólo se diferenciaban entre sí por la altura y el color. Acababa de terminar una carta a un amigo de su juventud que se encontraba en el extranjero; la cerró lentamente y luego miró por la ventana, con el codo apoyado sobre el escritorio, hacia el río, el puente y las colinas de la otra orilla con su color verde pálido.

Reflexionó sobre cómo este amigo, inconforme con su éxito en su ciudad natal, había literalmente huido ya hacía años a Rusia. Ahora tenía un negocio en San Petersburgo, que al principio había marchado muy bien, pero que desde hacía tiempo parecía haberse estancado, tal como había lamentado el amigo en una de sus cada vez más infrecuentes visitas. De este modo se esforzaba inútilmente trabajando en el extranjero, la extraña barba sólo tapaba con dificultad el rostro bien conocido desde los años de la niñez, rostro cuya piel amarillenta parecía manifestar una enfermedad en proceso de desarrollo. Según contaba, no tenía una auténtica relación con la colonia de sus compatriotas en aquel lugar y apenas relación social alguna con las familias naturales de allí y, en consecuencia, se hacía a la idea de una soltería definitiva. ¿Qué podía escribírsele a un hombre de este tipo, que, evidentemente, se había enclaustrado, de quien se podía tener lástima, pero a quien no se podía ayudar? ¿Se lo debía, quizá, aconsejar que volviese a casa, que trasladase aquí su existencia, que reanudara todas sus antiguas relaciones amistosas, para lo cual no existía obstáculo, y que, por lo demás, confiase en la ayuda de los amigos? Pero esto no significaba otra cosa que decirle al mismo tiempo, con precaución, y por ello hiriéndolo aún más, que sus esfuerzos hasta ahora habían sido en vano, que debía, por fin, desistir de ellos, que tenía que regresar y aceptar que todos, con los ojos muy abiertos de asombro, lo mirasen como a alguien que ha vuelto para siempre; que sólo sus amigos entenderían y que él era como un niño viejo, que debía simplemente obedecer a los amigos que se habían quedado en casa y que habían tenido éxito.

¿E incluso entonces era seguro que tuviese sentido toda la amargura que había que causarle? Quizá ni siquiera se consiguiese traerlo a casa, él mismo decía que ya no entendía la situación en el país natal, y así permanecería, a pesar de todo, en su extranjero, amargado por los consejos y un poco más distanciado de los amigos. Pero si siguiera realmente el consejo y aquí se le humillase, naturalmente no con intención sino por la forma de actuar, no se encontraría a gusto entre sus amigos ni tampoco sin ellos, se avergonzaría y no tendría de verdad ni hogar ni amigos. En estas circunstancias, ¿no era mejor que se quedase en el extranjero tal como estaba? ¿Podría pensarse que en tales circunstancias aquí saldría realmente adelante?

Por estos motivos, y si se quería mantener la relación epistolar con él, no se le podían hacer verdaderas confidencias como sin temor se le harían al conocido más lejano. Hacía más de tres años que el amigo no había estado en su país natal y explicaba este hecho, apenas suficientemente, mediante la inseguridad de la situación política en Rusia, que, en consecuencia, no permitía la ausencia de un pequeño hombre de negocios mientras que cientos de miles de rusos viajaban tranquilamente por el mundo. Pero, precisamente en el transcurso de estos tres años habían cambiado mucho las cosas para Georg. Sobre la muerte de su madre, ocurrida hacía dos años y desde la cual Georg vivía con su anciano padre en la misma casa, había tenido noticia el amigo, y en una carta había expresado su pésame con una sequedad que sólo podía tener su origen en el hecho de que la aflicción por semejante acontecimiento se hacía inimaginable en el extranjero. Ahora bien, desde entonces, Georg se había enfrentado al negocio, como a todo lo demás, con gran decisión. Quizá el padre, en la época en que todavía vivía la madre, lo había obstaculizado para llevar a cabo una auténtica actividad propia, por el hecho de que siempre quería hacer prevalecer su opinión en el negocio. Quizá desde la muerte de la madre, el padre, a pesar de que todavía trabajaba en el negocio, se había vuelto más retraído. Quizá desempeñaban un papel importante felices casualidades, lo cual era, incluso, muy probable; en todo caso, el negocio había progresado inesperadamente en estos dos años, había sido necesario duplicar el personal, las operaciones comerciales se habían quintuplicado, sin lugar a dudas tenían ante sí una mayor ampliación.

Pero el amigo no sabía nada de este cambio. Anteriormente, quizá por última vez en aquella carta de condolencia, había intentado convencer a Georg de que emigrase a Rusia y se había explayado sobre las perspectivas que se ofrecían precisamente en el ramo comercial de Georg. Las cifras eran mínimas con respecto a las proporciones que había alcanzado el negocio de Georg. Él no había querido contarle al amigo sus éxitos comerciales y si lo hubiese hecho ahora, con posterioridad, hubiese causado una impresión extraña.

Es así cómo Georg se había limitado a contarle a su amigo cosas sin importancia de las muchas que se acumulan desordenadamente en el recuerdo cuando se pone uno a pensar en un domingo tranquilo. No deseaba otra cosa que mantener intacta la imagen que, probablemente, se había hecho el amigo de su ciudad natal durante el largo período de tiempo, y con la cual se había conformado. Fue así como Georg, en tres cartas bastante distantes entre sí, informó a su amigo acerca del compromiso matrimonial de un señor cualquiera con una muchacha cualquiera, hasta que, finalmente, el amigo, totalmente en contra de la intención de Georg, comenzó a interesarse por este asunto.

Georg prefería contarle estas cosas antes que confesarle que era él mismo quien hacía un mes se había prometido con la señorita Frieda Brandenfeld, una joven de familia acomodada. Con frecuencia hablaba con su prometida de este amigo y de la especial relación epistolar que mantenía con él.

—Entonces no vendrá a nuestra boda —decía ella—, y yo tengo derecho a conocer a todos tus amigos.

—No quiero molestarlo —contestaba Georg—, entiéndeme, probablemente vendría, al menos así lo creo, pero se sentiría obligado y perjudicado, quizá me envidiaría y seguramente, apesadumbrado e incapaz de prescindir de esa pesadumbre, regresaría solo, solo ¿sabes lo que es eso?

—Bueno, ¿no puede enterarse de nuestra boda por otro camino?

—Sin duda no puedo evitarlo, pero es improbable dada su forma de vida.

—Si tienes esa clase de amigos, Georg, nunca debiste comprometerte.

—Sí, es culpa de ambos, pero incluso ahora no desearía que fuese de otra forma.

Y si ella, respirando precipitadamente entre sus besos, alegaba todavía:

—La verdad es que sí me molesta.

Entonces era realmente cuando él consideraba inofensivo contarle todo al amigo.

—Así soy y así tiene que aceptarme —se decía—. No pienso convertirme en un hombre a su medida, hombre que quizá fuese más apropiado a su amistad de lo que yo lo soy.

Y, efectivamente, en la larga carta que había escrito este domingo por la mañana, informaba a su amigo del compromiso que se había celebrado, con las siguientes palabras: "Me he reservado la novedad más importante para el final. Me he prometido con la señorita Frieda Brandenfeld, una muchacha perteneciente a una familia acomodada que se estableció aquí mucho tiempo después de tu partida y a la que tú apenas conocerás. Ya habrá oportunidad de contarte más detalles acerca de mi prometida, baste hoy con decirte que soy muy feliz y que en nuestra mutua relación sólo ha cambiado el hecho de que tú, en lugar de tener en mí un amigo corriente, tendrás un amigo feliz. Además tendrás en mi prometida, que te manda saludos cordiales y que te escribirá próximamente, una amiga leal, lo que no deja de tener importancia para un soltero. Sé que muchas cosas te impiden hacernos una visita, pero ¿acaso no sería precisamente mi boda la mejor oportunidad de echar por la borda, al menos por una vez, todos los obstáculos? Pero, sea como sea, actúa sin tener en cuenta todo lo demás y según tu buen criterio".

Georg había permanecido mucho tiempo sentado en su escritorio con la carta en la mano y el rostro vuelto hacia la ventana. Con una sonrisa ausente había apenas contestado a un conocido que, desde la calle, lo había saludado al pasar. Finalmente, se metió la carta en el bolsillo y, a través de un corto pasillo, se dirigió desde su habitación a la de su padre, en la que no había estado desde hacía meses. No existía, por lo demás, necesidad de ello, porque constantemente tenía contacto con él en el negocio; comían juntos en una casa de comidas, por la noche cada uno se tomaba lo que le apetecía pero después la mayoría de las veces se sentaban un ratito, cada uno con su periódico, en el cuarto de estar común, a no ser que Georg, como ocurría con mucha frecuencia, estuviese en compañía de amigos o, como ahora, fuese a ver a su novia.

Georg se extrañó de lo oscura que estaba la habitación del padre incluso en esta mañana soleada, tal era la sombra que proyectaba la alta pared que se elevaba al otro lado del estrecho patio. El padre estaba sentado ante la ventana, en un rincón adornado con recuerdos de la difunta madre y leía el periódico, que sostenía de lado ante los ojos, con lo cual intentaba contrarrestar una cierta falta de visión. Sobre la mesa estaban aún los restos del desayuno, del que no parecía haber comido mucho.

—¡Ah Georg! —exclamó el padre, e inmediatamente se dirigió hacia él. Su pesada bata se abría al andar.

"Mi padre sigue siendo un gigante", se dijo Georg.

—Esto está insoportablemente oscuro —dijo a continuación.

—Sí, sí que está oscuro —contestó el padre.

—¿También has cerrado la ventana?

—Lo prefiero así.

—Afuera hace bastante calor —dijo Georg como complemento a lo anterior, y se sentó.

El padre retiró la vajilla del desayuno y la colocó sobre una cómoda.

—La verdad es que sólo quería decirte —continuó Georg, que seguía los movimientos del anciano totalmente aturdido— que, por fin, he informado a San Petersburgo de mi compromiso.

Sacó un poco la carta del bolsillo y la dejó caer dentro de nuevo.

—¿Cómo que a San Petersburgo? —preguntó el padre.

—Sí, a mi amigo —dijo Georg, y buscó los ojos del padre.

"En el negocio es completamente distinto", pensó. "¡Cuánto sitio ocupa ahí sentado y cómo se cruza de brazos!"

—Sí, claro, a tu amigo —dijo el padre recalcándolo.

—Ya sabes, padre, que en un principio quería silenciar mi compromiso. Por consideración, por ningún otro motivo.

Tú ya sabes que es una persona difícil. Puede enterarse de mi compromiso por otros cauces, me dije, y si bien esto apenas es probable dada su solitaria forma de vida, yo no puedo evitarlo, pero por mí mismo no debe enterarse.

—¿Y ahora has cambiado de opinión? –preguntó el padre.

Puso el periódico en el antepecho de la ventana y sobre el periódico las gafas que tapaba con las manos.

—Sí, ahora he cambiado de opinión. Si verdaderamente se trata de un buen amigo, me he dicho, entonces mi feliz compromiso es también para él motivo de alegría y por eso no he dudado más en comunicárselo. Sin embargo, antes de echar la carta quería decírtelo.

—Georg –dijo el padre, y estiró la boca sin dientes–, escucha por una vez. Has venido a mí por este asunto, para discutirlo conmigo. Esto te honra sin duda alguna, pero no sirve para nada, y menos aún que para nada, si no me dices ahora mismo toda la verdad. No quiero traer a colación cosas que nada tienen que ver con esto. Desde la muerte de tu querida madre han ocurrido ciertas cosas desagradables. Quizá también les llegue su turno, y quizá antes de lo que pensamos. En el negocio se me escapan algunas cosas, quizá no se me oculten, ahora no quiero en modo alguno alimentar la sospecha de que se me ocultan, ya no estoy lo suficientemente fuerte, me falla la memoria, ya no puedo abarcar tantas cosas. En primer lugar esto es la ley de la vida y, en segundo lugar, la muerte de tu madre me ha afligido mucho más que a ti. Pero ya que estamos tratando de este asunto de la carta, te pido, Georg, que no me engañes. Es una pequeñez, no merece la pena, así pues, no me engañes. ¿Tienes de verdad ese amigo en San Petersburgo?

Georg se levantó desconcertado.

—Dejemos en paz a mis amigos. Mil amigos no sustituyen a mi padre. ¿Sabes lo que creo?, que no te cuidas lo suficiente, pero los años exigen sus derechos. En el negocio eres indispensable para mí, bien lo sabes tú, pero si el negocio amenaza tu salud mañana mismo lo cierro para siempre.

Esto no puede seguir así. Tenemos que adoptar otro modo de vida para ti, pero desde el principio. Estás sentado aquí en la oscuridad y en el cuarto de estar tendrías buena luz. Tomas un par de bocados del desayuno en lugar de comer como es debido. Estás sentado con las ventanas cerradas y el aire fresco te sentaría bien. ¡No, padre mío!, iré a buscar al médico y seguiremos sus prescripciones Cambiaremos las habitaciones. Tú te trasladarás a la habitación de delante y yo a ésta. No supondrá una alteración para ti, todo se llevará allí, ya habrá tiempo de ello, ahora te acuesto en la cama un poquito, necesitas tranquilidad a toda costa. Vamos, te ayudaré a desnudarte, ya verás cómo sé hacerlo. ¿O prefieres trasladarte inmediatamente a la habitación de adelante y allí te acuestas provisionalmente en mi cama? La verdad es que esto sería lo más sensato.

Georg estaba de pie justo al lado de su padre, que había dejado caer sobre el pecho su cabeza de blancos y despeinados cabellos.

–Georg –dijo el padre en voz baja y sin moverse.

Georg se arrodilló inmediatamente junto al padre, vio las enormes pupilas en su cansado rostro dirigidas hacia él desde las comisuras de los ojos.

–No tienes ningún amigo en San Petersburgo. Tú has sido siempre un bromista y tampoco has hecho una excepción conmigo. ¡Cómo ibas a tener un amigo precisamente allí! No puedo creerlo de ninguna manera.

–Padre, haz memoria una vez más –dijo Georg, levantó al padre del sillón y le quitó la bata, estaba allí tan débil–, pronto hará ya tres años que mi amigo estuvo en casa de visita. Recuerdo todavía que no te hacía demasiada gracia. Al menos dos veces te oculté su presencia, a pesar de que en esos momentos se hallaba precisamente en mi habitación. Yo podía comprender bien tu animadversión hacia él, mi amigo tiene sus manías, pero después conversaste agradablemente con él. En aquellos momentos me sentía tan orgulloso de que lo escuchases, asintieses y preguntases... Si haces memoria tienes que acordarte. Él contó entonces historias increíbles de la revolución rusa. Cómo, por ejemplo, en un viaje de negocios a Kiev, había visto en un balcón a un sacerdote que se había cortado una ancha cruz de sangre en la palma de la mano, la levantó e invocó con ella a la multitud. Tú mismo has contado de vez en cuando esta historia.

Mientras tanto Georg había conseguido sentar al padre y quitarle cuidadosamente el pantalón que llevaba encima de los calzoncillos de lino, así como los calcetines. Al ver la ropa, que no estaba precisamente limpia, se hizo reproches por haber descuidado al padre. Seguro que también formaba parte de sus obligaciones el cuidar de que el padre se cambiase de ropa. Todavía no había hablado expresamente con su prometida de cómo iban a organizar el futuro del padre, porque tácitamente habían supuesto que él se quedaría solo en el piso viejo. Sin embargo, ahora se decidió, de repente y con toda firmeza, a llevárselo a su futuro hogar. Bien mirado, casi daba la impresión de que el cuidado que el padre iba a recibir allí podría llegar demasiado tarde.

Lo llevó en brazos a la cama. Una terrible sensación se apoderó de él cuando, a lo largo de los pocos pasos hasta ella, notó que su padre jugueteaba con la cadena del reloj sobre su pecho. Se agarraba con tal fuerza a la cadena del mismo, que no pudo acostarlo inmediatamente. Apenas se encontró en la cama, todo pareció volver de nuevo a la normalidad. Se tapó solo y se cubrió muy bien los hombros con el cobertor. No miraba a Georg con hostilidad.

—¿Verdad que ya te acuerdas de él? —preguntó Georg, y asintió con la cabeza haciendo un gesto alentador.

—¿Estoy bien tapado? —preguntó el padre como si no pudiese asegurarse él mismo de que sus pies se encontraban tapados.

—Así es que te gusta estar en la cama —dijo Georg, y colocó mejor el cobertor a su alrededor.

—¿Estoy bien tapado? —preguntó el padre de nuevo, y pareció prestar especial atención a la respuesta.

—Tranquilo, estás bien tapado.

—¡No! —gritó el padre de tal forma que la respuesta chocó contra la pregunta, echó hacia atrás el cobertor con una fuerza tal que por un momento quedó extendido en el aire, y se puso de pie sobre la cama. Sólo con una mano se apoyaba ligeramente en el techo.

—Querías taparme, lo sé, retoño mío, pero todavía no estoy tapado, y aunque sea la última fuerza es suficiente para ti, demasiada para ti. ¡Claro que conozco a tu amigo! Sería el hijo que desea mi corazón, por eso también lo has engañado durante todos estos años. ¿Por qué si no? ¿Acaso crees que no he llorado por él? Precisamente por eso te encierras en tu oficina: "el jefe está ocupado, no se le puede molestar". Sólo para poder escribir tus falsas cartitas a Rusia. Pero, afortunadamente, nadie tiene que dar lecciones al padre sobre cómo adivinar las intenciones del hijo. De la misma manera que ahora has creído haberlo subyugado, subyugado de tal forma que podrías sentarte con tu trasero sobre él y él no se movería, en ese momento mi señor hijo ha decidido casarse.

Georg levantó la mirada hacia el espectro de su padre. El amigo de San Petersburgo, a quien de repente el padre conocía tan bien, se apoderaba de él como nunca hasta ahora. Lo vio perdido en la lejana Rusia. Lo vio en la puerta del negocio vacío y desvalijado, entre las ruinas de las estanterías, entre los géneros hechos jirones, entre los tubos de gas que estaban caídos... y él permanecía todavía erguido. ¿Por qué había tenido que irse tan lejos?

—¡Pero mírame —gritó el padre—. Georg corrió, casi distraído, hacia la cama, con la intención de comprenderlo todo, pero se quedó parado a mitad de camino.

—Porque ella se ha levantado las faldas —comenzó a hablar el padre—, porque se ha levantado así las faldas de cerda asquerosa —y para expresarlo plásticamente se levantó el camisón tan alto que se veía sobre el muslo la cicatriz de sus años de guerra–, porque se ha levantado así, y así las faldas, te has acercado a ella y, para poder gozar con ella sin que nadie molestase, has profanado la memoria de tu madre, has traicionado al amigo y has metido en la cama a tu padre para que no se pueda mover, pero ¿puede moverse o no?

Permanecía en pie sin apoyo alguno y lanzaba las piernas en todas las direcciones. Sonreía con entusiasmo al comprenderlo todo.

Georg estaba de pie en un rincón lo más lejos posible del padre. Desde hacía un rato había decidido firmemente observarlo todo con exactitud, para no ser indirectamente sorprendido de alguna forma por detrás o desde arriba. Entonces se acordó de nuevo de la decisión, ya hacía rato olvidada, y volvió a olvidarla tan deprisa como se pasa un hilo corto a través del ojo de una aguja.

–No obstante el amigo no ha sido todavía traicionado –gritó el padre, y lo corroboraba su índice movido de acá para allá– yo era su representante en este lugar.

Georg no pudo evitar gritar:

–¡Comediante!

Reconoció inmediatamente el daño y, demasiado tarde, los ojos fijos, se mordió la lengua hasta doblarse de dolor.

–¡Sí, por supuesto que he representado una comedia! ¡Comedia! ¡Buena palabra! ¿Qué otro consuelo le quedaba al anciano padre viudo? Dime, y durante el momento que dure la respuesta sé todavía mi hijo vivo. ¿Qué otra salida me quedaba en mi habitación interior, perseguido por un personal infiel, viejo hasta los huesos? Y mi hijo iba con júbilo por la vida, ultimaba negocios que yo había preparado, se retorcía de la risa y pasaba ante su padre con el reservado rostro de un hombre de honor. ¿Crees tú que yo no te hubiese querido, yo, de quien saliste tú?

"Ahora se inclinará hacia delante", pensó Georg, "¡si se cayese y se estrellase!" Esta última palabra le pasó por la cabeza como una centella.

El padre se echó hacia delante, pero no se cayó. Puesto que Georg no se acercaba como había esperado, se irguió de nuevo.

–¡Quédate donde estás, no te necesito! Piensas que tienes todavía la fuerza suficiente para venir aquí, y solamente te contienes porque así lo deseas, ¡No te equivoques! Todavía soy el más fuerte, ¡Yo solo habría tenido quizá que retirarme, pero tu madre me ha dado su fuerza, con tu amigo me alié maravillosamente y a tu clientela la tengo aquí en el bolsillo!

–¡Incluso en el camisón tiene bolsillos! –se dijo Georg, y creyó que con esta observación podría hacerle quedar en ridículo ante todo el mundo. Pensó en esto sólo durante un momento, porque inmediatamente volvía a olvidarlo todo.

–¡Cuélgate del brazo de tu novia y ven hacia mí! ¡La barro de tu lado, no sabes cómo!

Georg hacía muecas como si no pudiese creerlo. El padre sólo asentía con la cabeza, ratificando la verdad de lo que decía y dirigiéndose al rincón en que se encontraba Georg.

–¡Cómo me has divertido hoy cuando has venido y me has preguntado si debías contarle a tu amigo lo del compromiso! ¡Si lo sabe todo, estúpido, lo sabe todo! Yo le escribía porque olvidaste quitarme los elementos para escribir. Por eso ya no viene desde hace años, lo sabe todo cien veces mejor que tú mismo, tus cartas las arruga con la mano izquierda sin haberlas leído, mientras que con la derecha pone adelante mis cartas para leerlas.

De puro entusiasmo agitaba el brazo por encima de la cabeza.

–¡Lo sabe todo mil veces mejor! –gritó.

–Diez mil veces –dijo Georg con la intención de burlarse de su padre, pero todavía en su boca estas palabras adquirieron un tono profundamente serio.

–¡Desde hace años estoy a la espera de que me vengas con esa pregunta! ¿Crees que me preocupa alguna otra cosa? ¿Crees que leo periódicos? ¡Mira! –Y tiró a Georg un periódico que, de alguna forma, había ido a parar a su cama. Un periódico viejo con un nombre que a Georg le era completamente desconocido.

–¡Cuánto tiempo has tardado en llegar a la madurez! Tuvo que morir tu madre, no llegó a ver el día de júbilo. El amigo perece en su Rusia, ya hace tres años estaba amarillo de muerte, y yo, ¡ya ves cómo me va a mí!, para eso tienes ojos.

–Entonces me has espiado –gritó Georg.

El padre, en tono compasivo, dijo:

–Probablemente eso querías haberlo dicho antes, ahora ya no viene a cuento –y en voz más alta–: ahora ya sabes lo que había además de ti, hasta ahora no sabías más que de ti mismo. Lo cierto es que fuiste un niño inocente, pero aún más ciertamente fuiste un hombre diabólico. Por eso has de saber que yo te condeno a morir ahogado.

Georg se sintió como expulsado de la habitación, el golpe con el que el padre a su espalda había caído sobre la cama resonaba todavía en sus oídos. En la escalera, por cuyos escalones bajaba tan de prisa como si se tratase de una rampa inclinada, sorprendió a la criada que estaba a punto de subir para arreglar el piso.

–¡Jesús! –gritó, y se tapó la cara con el delantal, pero él ya se había ido.

Salió del portal de un salto, el agua lo atraía por encima de la calzada. Ya se asía firmemente a la baranda como un hambriento a la comida. Saltó por encima como el excelente atleta que, para orgullo de sus padres, había sido en sus años juveniles. Todavía seguía sujeto con las manos, débilmente. Cuando divisó entre las barras de la baranda un ómnibus que cubriría con facilidad el ruido de su caída. Exclamó en voz baja: "queridos padres, a pesar de todo siempre los he amado", y se dejó caer. En ese momento atravesaba el puente un tráfico de verdad interminable.

Un artista del hambre

(en *Un artista del hambre*, 1924)

En las últimas décadas el interés por los ayunadores ha disminuido en forma considerable. Antes resultaba un buen negocio organizar grandes exhibiciones de este género como espectáculo independiente, algo que hoy, en cambio, es imposible del todo. Eran otros los tiempos. Entonces, toda la ciudad se ocupaba del ayunador; aumentaba su interés a cada día de ayuno; todos querían verlo por lo menos una vez al día; en los últimos del ayuno no faltaba quien permaneciera sentado días enteros frente a la pequeña jaula del ayunador. Además había exhibiciones nocturnas, cuyo efecto era realzado por medio de antorchas. Cuando hacía buen tiempo se sacaba la jaula al aire libre; era la ocasión propicia para mostrarle el ayunador a los niños. Para los adultos aquello solía no ser más que una broma en la que tomaban parte un poco por moda; pero los niños, tomados de las manos por prudencia, miraban asombrados y boquiabiertos a aquel hombre pálido, con camiseta oscura, de costillas salientes, que, desdeñando un asiento, permanecía tendido en la paja esparcida por el suelo. A veces saludaba cortésmente o respondía con una sonrisa forzada a las preguntas que se le dirigían. Quizás sacaba un brazo por entre los hierros para demostrar su delgadez, y volvía después a sumirse en su propio interior, sin preocuparse de nadie ni de nada, ni siquiera de la marcha del reloj, para él tan importante, única pieza de mobiliario que se veía en su jaula. Entonces se quedaba mirando al vacío, delante de sí, con ojos semicerrados, y sólo de vez en cuando bebía en un diminuto vaso un sorbito de agua para humedecerse los labios.

Además de los espectadores que se renovaban sin cesar, allí había vigilantes permanentes, designados por el público (los cuales, y no deja de ser curioso, solían ser carniceros); siempre debían estar tres al mismo tiempo, y tenían la misión de observar día y noche al ayunador para evitar que, por cualquier recóndito método, pudiera tomar alimento. Pero esto era sólo una formalidad introducida para tranquilidad de las masas, pues los iniciados sabían muy bien que el ayunador, durante el tiempo del ayuno, en ninguna circunstancia, ni aun a la fuerza, tomaría la más mínima porción de alimento; el honor de su profesión se lo prohibía. A decir verdad, no todos los vigilantes eran capaces de comprenderlo; muchas veces había grupos de vigilantes nocturnos que ejercían su tarea muy débilmente, se juntaban adrede en cualquier rincón y allí se sumían en los lances de un juego de cartas con la manifiesta intención de otorgar al ayunador un pequeño respiro, durante el cual, a su modo de ver, podría obtener provisiones de algún lugar secreto, no se sabía de dónde. Nada atormentaba tanto al ayunador como esos vigilantes; lo atribulaban y hacían espantosamente difícil su ayuno. A veces se sobreponía a su debilidad y cantaba durante todo el tiempo que duraba aquella guardia mientras le quedase aliento, para mostrar a aquella gente la injusticia de sus sospechas. Pero esto le servía de poco, porque entonces se admiraban de su habilidad, que hasta le permitía comer mientras cantaba.

Para él eran preferibles los vigilantes que se pegaban a las rejas, y que, no contentándose con la turbia iluminación nocturna de la sala, le lanzaban a cada momento el rayo de las lámparas eléctricas de bolsillo que ponía a su disposición el empresario. La luz cruda no lo molestaba; en general no llegaba a dormir, pero quedar traspuesto un poco podía hacerlo con cualquier luz, a cualquier hora y hasta con la sala llena de una estrepitosa muchedumbre. Estaba siempre dispuesto a pasar toda la noche en vela con tales vigilantes; estaba dispuesto a bromear con ellos, a contarles historias de su vida vagabunda y a oír, en cambio, las suyas, sólo para mantenerse despierto, para mostrarles de nuevo que en la jaula no había nada comestible y que soportaba el hambre como no podría hacerlo ninguno de ellos. Pero cuando se sentía más dichoso era al llegar la mañana, y por su cuenta les era servido a los vigilantes un abundante desayuno, sobre el cual se arrojaban con el apetito de hombres robustos que han pasado una noche de trabajosa vigilia. Cierto que no faltaban personas que quisieran ver en este desayuno un grosero soborno a los vigilantes, pero esto seguía haciéndose, y si se les preguntaba si querían tomar a su cargo, sin desayuno, la guardia nocturna, no renunciaban a él, pero conservaban siempre sus sospechas.

Pero éstas pertenecían ya a las sospechas inherentes a la profesión del ayunador. Nadie estaba en situación de poder pasar, ininterrumpidamente, días y noches como vigilante junto al ayunador; nadie, por tanto, podía saber por experiencia propia si realmente había ayunado sin interrupción y sin falta; sólo el ayunador podía saberlo, ya que él era, al mismo tiempo, un espectador de su hambre completamente satisfecho. Aunque, por otro motivo, tampoco lo estaba nunca. Acaso no era el ayuno la causa de su enflaquecimiento, tan atroz que muchos, con gran pena, tenían que abstenerse de frecuentar las exhibiciones por no poder sufrir su vista; tal vez su esquelética delgadez procedía de su descontento consigo mismo. Sólo él sabía —sólo él y ninguno de sus adeptos— qué fácil cosa era el suyo. Era la cosa más fácil del mundo. Verdad que no lo ocultaba, pero no le creían; en el caso más favorable, lo tomaban por modesto, pero, en general, lo juzgaban un reclamista, o un vil farsante para quien el ayuno era fácil porque sabía la manera de hacerlo fácil y que tenía, además, el cinismo de dejarlo entrever. Debía aguantar todo esto y, en el curso de los años, ya se había acostumbrado; pero, en su interior, siempre le recomía este descontento y ni una sola vez, al fin de su ayuno —esta justicia había que hacérsela–, había abandonado su jaula voluntariamente.

El empresario había fijado cuarenta días como el plazo máximo de ayuno, más allá del cual no le permitía ayunar ni siquiera en las capitales de primer orden. Y no dejaba de tener sus buenas razones para ello. Según le había enseñado su experiencia, durante cuarenta días, valiéndose de toda suerte de anuncios que fueran concentrando el interés, podía quizá aguijonearse progresivamente la curiosidad de un pueblo; pero pasado este plazo, el público se negaba a visitarle, disminuía el crédito de que gozaba el artista del hambre. Claro que en este punto podían observarse pequeñas diferencias según las ciudades y las naciones; pero, por regla general, los cuarenta días eran el período de ayuno más dilatado posible. Por esta razón, a los cuarenta días era abierta la puerta de la jaula, ornada con una guirnalda de flores; un público entusiasmado llenaba el anfiteatro; sonaban los acordes de una banda militar, dos médicos entraban en la jaula para medir al ayunador, según normas científicas, y el resultado de la medición se anunciaba a la sala por medio de un altavoz; por último, dos señoritas, felices de haber sido elegidas para desempeñar aquel papel mediante sorteo, llegaban a la jaula y pretendían sacar de ella al ayunador y hacerle bajar un par de peldaños para conducirle ante una mesilla en la que estaba servida una comidita de enfermo cuidadosamente escogida. Y, en este momento, el ayunador siempre se resistía.

Es verdad que colocaba por propia voluntad sus brazos huesudos en las manos que las dos damas, inclinadas sobre él, le tendían dispuestas a auxiliarle, pero no quería levantarse. ¿Por qué suspender el ayuno precisamente entonces, a los cuarenta días? Podía resistir aún mucho tiempo más, un tiempo ilimitado; ¿por qué cesar entonces, cuando estaba en lo mejor del ayuno? ¿Por qué arrebatarle la gloria de seguir ayunando, y no sólo la de llegar a ser el mayor ayunador de todos los tiempos, cosa que probablemente ya lo era, sino también la de exigirse a sí mismo hasta lo inconcebible, pues no sentía límite alguno a su capacidad de ayunar? ¿Por qué aquella gente que fingía admirarlo tenía tan poca paciencia con él? Si aún podía seguir ayunando, ¿por qué no querían permitírselo? Además estaba cansado, se hallaba muy a gusto tendido en la paja, y ahora tenía que ponerse en pie cuán largo era, y acercarse a una comida, cuando con sólo pensar en ella sentía náuseas que contenía difícilmente por respeto a las damas. Y alzaba la vista para mirar los ojos de las señoritas, en apariencia tan amables, en realidad tan crueles, y sobre su débil cuello movía la cabeza negativamente, que le pesaba como si fuese de plomo. Pero entonces ocurría lo de siempre: el empresario se acercaba silenciosamente –con la música no se podía hablar–, alzaba los brazos sobre el ayunador, como si invitara al cielo a contemplar el estado en que se encontraba sobre el montón de paja aquel mártir digno de compasión, cosa que el pobre hombre, aunque en otro sentido, realmente era. El empresario agarraba al ayunador por la cintura, tomando exageradas precauciones como si quisiera hacer creer que tenía entre las manos algo tan quebradizo como el vidrio; y, no sin darle una disimulada sacudida, en forma que al ayunador, sin poderlo remediar, se le iban a un lado y otro las piernas y el tronco, se lo entregaba a las damas, que entretanto habían adquirido un aspecto mortalmente pálido.

Entonces el ayunador sufría todos sus males: la cabeza le caía sobre el pecho, como si le diera vueltas, y sin saber cómo había quedado en aquella postura; el cuerpo parecía vacío; las piernas, en su afán por mantenerse en pie, apretaban sus rodillas una contra otra; los pies rascaban el suelo como si no fuera el verdadero y buscaran a éste bajo aquél; y todo el peso del cuerpo, por lo demás muy leve, caía sobre una de las damas, la cual, buscando auxilio, con cortado aliento —jamás se hubiera imaginado de este modo aquella misión honorífica—, alargaba todo lo posible su cuello para librar siquiera su rostro del contacto con el ayunador. Pero después, como no lo lograba, y su compañera, más feliz que ella, no venía en su ayuda, sino que se limitaba a llevar entre las suyas, temblorosas, el pequeño haz de huesos de la mano del ayunador, la portadora, en medio de las divertidas carcajadas de toda la sala, rompía a llorar y tenía que ser librada de su carga por un criado, largo tiempo atrás preparado para esta tarea.

Después venía la comida, en la cual el empresario, en el semisueño del desenjaulado, más parecido a un desmayo que a un sueño, le hacía tragar alguna cosa, en medio de una divertida charla con que apartaba la atención de los espectadores del estado en que se hallaba el ayunador. Después venía un brindis dirigido al público, que el empresario fingía dictado por el ayunador; la orquesta recalcaba todo con un gran trompeteo, el público se marchaba y nadie quedaba descontento de lo que había visto, nadie, salvo el ayunador, el artista del hambre; nadie, excepto él.

Vivió así muchos años, cortados por periódicos descansos, respetado por el mundo, en una situación de aparente esplendor; no obstante, casi siempre estaba de un humor melancólico, que se acentuaba cada vez más, ya que no había nadie que supiera tomarlo en serio. ¿Con qué, además, podrían consolarle? ¿Qué más podía apetecer? Y si alguna vez surgía alguien, de piadoso ánimo, que lo compadecía y quería hacerle comprender que, probablemente, su tristeza procedía del hambre, bien podía ocurrir, sobre todo si estaba ya muy avanzado el ayuno, que el ayunador le respondiera con una explosión de furia, y, con espanto de todos, comenzara a sacudir como una fiera los hierros de la jaula. Pero para tales cosas tenía el empresario un castigo que le gustaba emplear.

Disculpaba al ayunador ante el público congregado; añadía que sólo la irritabilidad provocada por el hambre, irritabilidad incomprensible en hombres bien alimentados, podía hacer disculpable la conducta del ayunador. Después, tratando de explicar este tema pasaba a rebatir la afirmación del ayunador de que le era posible ayunar mucho más tiempo del que ayunaba; alababa la noble ambición, la buena voluntad, el gran olvido de sí mismo, que claramente se revelaban en esta afirmación; pero en seguida procuraba echarla abajo sólo con mostrar unas fotografías, que eran vendidas al mismo tiempo, pues en el retrato se veía al ayunador en la cama, casi muerto de inanición, a los cuarenta días de su ayuno. Todo esto lo sabía muy bien el ayunador, pero era cada vez más intolerable para él aquella enervante deformación de la verdad. ¡Se presentaba allí como causa lo que sólo era consecuencia de la precoz terminación del ayuno! Era imposible luchar contra aquella incomprensión, contra aquel universo de estulticia. Lleno de buena fe, escuchaba ansiosamente desde su reja las palabras del empresario; pero al aparecer las fotografías, se soltaba siempre de la reja, y, sollozando, volvía a dejarse caer en la paja. El ya calmado público podía acercarse otra vez a la jaula y examinarlo a su gusto.

Unos años más tarde, si los testigos de tales escenas volvían a acordarse de ellas, notaban que se habían hecho incomprensibles hasta para ellos mismos. Es que mientras tanto se había operado el famoso cambio; sobrevino casi de repente; debía haber razones profundas para ello; pero ¿quién es capaz de hallarlas?

El caso es que cierto día, el tan mimado artista del hambre se vio abandonado por la muchedumbre ansiosa de diversiones, que prefería otros espectáculos. El empresario recorrió otra vez con él media Europa, para ver si en algún sitio hallaba aún el interés de otrora. Todo en vano: como por obra de un pacto, había nacido al mismo tiempo, en todas partes, una repulsión hacia el espectáculo del hambre. Claro que, en realidad, este fenómeno no podía haberse dado así, de repente, y, meditabundos y compungidos, recordaban ahora muchas cosas que en el tiempo de la embriaguez del triunfo no habían considerado suficientemente, presagios no atendidos como merecían serlo. Pero ahora era demasiado tarde para intentar algo en contra. Cierto que era indudable que alguna vez volvería a presentarse la época de los ayunadores; pero para los ahora vivientes, eso no era consuelo. ¿Qué debía hacer, pues, el ayunador? Aquel que había sido aclamado por las multitudes, no podía mostrarse en barracas por las ferias rurales; y para adoptar otro oficio, no sólo era el ayunador demasiado viejo, sino que estaba fanáticamente enamorado del hambre. Por tanto, se despidió del empresario, compañero de una carrera incomparable, y se hizo contratar en un gran circo, sin examinar siquiera las condiciones del contrato.

Un gran circo, con su infinidad de hombres, animales y aparatos que sin cesar se sustituyen y se complementan unos a otros, puede, en cualquier momento, utilizar a cualquier artista, aunque sea un ayunador, si sus pretensiones son modestas, naturalmente. Además, en este caso especial, no era sólo el mismo ayunador quien era contratado, sino su antiguo y famoso nombre; y ni siquiera se podía decir, dada la singularidad de su arte, que, como al crecer la edad mengua la capacidad, un artista veterano, que ya no está en la cumbre de su poder, trata de refugiarse en un tranquilo puesto de circo; al contrario, el ayunador aseguraba, y era plenamente creíble, que lo mismo podía ayunar entonces que antes, y hasta aseguraba que si lo dejaban hacer su voluntad, cosa que al momento le prometieron, sería aquella la vez en que había de llenar al mundo de justa admiración; afirmación que provocaba una sonrisa en las gentes del oficio, que conocían el espíritu de los tiempos, del cual, en su entusiasmo, se había olvidado el ayunador.

Pero, en su inteior, el ayunador no dejó de hacerse cargo de las circunstancias, y aceptó sin dificultad que no fuera colocada su jaula en el centro de la pista, como número sobresaliente, sino que se la dejara afuera, cerca de las cuadras, sitio, por lo demás, bastante concurrido. Grandes carteles, de colores chillones, rodeaban la jaula y anunciaban lo que había que admirar en ella. En los intermedios del espectáculo, cuando el público se dirigía hacia las cuadras para ver los animales, era casi inevitable que pasaran por delante del ayunador y se detuvieran allí un momento; acaso habrían permanecido más tiempo junto a él si no hicieran imposible una contemplación más larga y tranquila los empujones de los que venían detrás por el estrecho corredor, que no comprendían que se hiciera aquella parada en el camino de las interesantes cuadras.

Por este motivo, el ayunador temía aquella hora de visitas, que, por otra parte, anhelaba como el objeto de su vida. En los primeros tiempos apenas había tenido paciencia para esperar el momento del intermedio; había contemplado, con entusiasmo, la muchedumbre que se extendía y venía hacia él, hasta que muy pronto —ni la más obstinada y casi consciente voluntad de engañarse a sí mismo se salvaba de aquella experiencia— tuvo que convencerse de que la mayor parte de aquella gente, sin excepción, no traía otro propósito que el de visitar las cuadras. Y siempre era lo mejor el ver aquella masa, así, desde lejos. Porque cuando llegaban junto a su jaula, en seguida lo aturdían los gritos e insultos de los dos partidos que inmediatamente se formaban: el de los que querían verlo cómodamente (y bien pronto llegó a ser este bando el que más apenaba al ayunador, porque se paraban, no porque les interesara lo que tenían ante los ojos, sino por llevar la contraria y fastidiar a los otros) y el de los que sólo apetecían llegar lo antes posible a las cuadras. Una vez que había pasado el gran tropel, venían los rezagados, y también éstos, en vez de quedarse mirándolo cuanto tiempo les apeteciera, pues ya era cosa no impedida por nadie, pasaban de prisa, a paso largo, apenas concediéndole una mirada de reojo, para llegar con tiempo a ver los animales. Y era caso insólito el que viniera un padre de familia con sus hijos, mostrando con el dedo al ayunador y explicando extensamente de qué se trataba, y hablara de tiempos pasados, cuando había estado él en una exhibición análoga, pero incomparablemente más lucida que aquélla; y entonces los niños, que, a causa de su insuficiente preparación escolar y general –¿qué sabían ellos lo que era ayunar?–, seguían sin comprender lo que contemplaban, tenían un brillo en sus inquisidores ojos, en que se traslucían futuros tiempos más piadosos. Quizá estarían un poco mejor las cosas –decíase a veces el ayunador– si el lugar de la exhibición no se hallase tan cerca de las cuadras. Entonces les habría sido más fácil a las gentes elegir lo que prefirieran; aparte de que le molestaban mucho y acababan por deprimir sus fuerzas las emanaciones de las cuadras, la nocturna inquietud de los animales, el paso por delante de su jaula de los sangrientos trozos de carne con que alimentaban a los animales de presa, y los rugidos y gritos de éstos durante su comida. Pero no se atrevía a decirlo a la Dirección, pues, si bien lo pensaba, siempre tenía que agradecer a los animales la muchedumbre de visitantes que pasaban ante él, entre los cuales, de cuando en cuando, bien se podía encontrar alguno que viniera especialmente a verle. Quién sabe en qué rincón lo meterían, si al decir algo les recordaba que aún vivía y les hacía ver, en resumidas cuentas, que no era más que un estorbo en el camino de las cuadras.

Un pequeño estorbo en todo caso, un estorbo que cada vez se hacía más diminuto. La gente se iba acostumbrando a la rara manía de pretender llamar la atención como ayunador en los tiempos actuales, y adquirido este hábito, quedó ya pronunciada la sentencia de muerte del ayunador. Podía ayunar cuanto quisiera, y así lo hacía. Pero nada podía ya salvarle; la gente pasaba por su lado sin verlo. ¿Y si intentara explicarle a alguien el arte del ayuno? A quien no lo siente, no es posible hacérselo comprender.

Los más hermosos rótulos llegaron a ponerse sucios e ilegibles, fueron arrancados, y a nadie se le ocurrió renovarlos. La tablilla con el número de los días transcurridos desde que había comenzado el ayuno, que en los primeros tiempos era cuidadosamente mudada todos los días, hacía ya mucho tiempo que era la misma, pues al cabo de algunas semanas este pequeño trabajo habíase hecho desagradable para el personal; y de este modo, cierto que el ayunador continuó ayunando, como siempre había anhelado, y que lo hacía sin molestia, tal como en otro tiempo lo había anunciado; pero nadie contaba ya el tiempo que pasaba; nadie, ni siquiera el mismo ayunador, sabía qué número de días de ayuno llevaba alcanzados, y su corazón sé llenaba de melancolía. Y así, cierta vez, durante aquel tiempo, un ocioso se detuvo ante su jaula y se rió del viejo número de días consignado en la tablilla, pareciéndole imposible, y habló de engaño y de estafa. Fue ésta la más estúpida mentira que pudieron inventar la indiferencia y la malicia innata, pues no era el ayunador quien engañaba: él trabajaba honradamente, pero era el mundo quien se engañaba en cuanto a sus merecimientos.

*

Volvieron a pasar muchos días, pero llegó uno en que también aquello tuvo su fin. Cierta vez, un inspector se fijó en la jaula y preguntó a los criados por qué dejaban sin aprovechar aquella jaula tan utilizable que sólo contenía un podrido montón de paja. Todos lo ignoraban, hasta que, por fin, uno, al ver la tablilla del número de días, se acordó del ayunador. Removieron con horcas la paja, y en medio de ella hallaron al ayunador.

–¿Ayunas todavía? –le preguntó el inspector–. ¿Cuándo vas a terminar de una vez?

–Perdónenme todos –musitó el ayunador, pero sólo lo comprendió el inspector, que tenía el oído pegado a la reja.

–Sin duda –dijo el inspector, poniéndose el índice en la sien para indicar con ello al personal el estado mental del ayunador–, todos te perdonamos.

—Había deseado toda la vida que admiraran mi resistencia al hambre —dijo el ayunador.

—Y la admiramos —repuso el inspector.

—Pero no deberían admirarla —dijo el ayunador.

—Bueno, pues entonces no la admiraremos —dijo el inspector—; pero ¿por qué no debemos admirarte?

—Porque me es forzoso ayunar, no puedo evitarlo —dijo el ayunador.

—Eso ya se ve —dijo el inspector—; pero ¿por qué no puedes evitarlo?

—Porque —dijo el artista del hambre levantando un poco la cabeza y hablando en la misma oreja del inspector para que no se perdieran sus palabras, con labios alargados como si fuera a dar un beso—, porque no pude encontrar comida que me gustara. Si la hubiera encontrado, puedes creerlo, no habría hecho ningún cumplido y me habría hartado como tú y como todos.

Estas fueron sus últimas palabras, pero todavía, en sus ojos quebrados, se mostraba la firme convicción, aunque ya no orgullosa, de que seguiría ayunando.

—¡Limpien aquí! —ordenó el inspector, y enterraron al ayunador junto con la paja. Pero en la jaula pusieron una pantera joven. Era un gran placer, hasta para el más obtuso de sentidos, ver en aquella jaula, vacía durante tanto tiempo, la hermosa fiera que se revolcaba y daba saltos. Nada le faltaba. La comida que le gustaba se la llevaban sus guardianes sin largas cavilaciones. Ni siquiera parecía añorar la libertad. Aquel noble cuerpo, provisto de todo lo necesario para desgarrar lo que se le pusiera por delante, parecía llevar consigo la propia libertad; parecía estar escondida en cualquier rincón de su dentadura. Y la alegría de vivir brotaba con tan fuerte ardor de sus fauces, que no les era fácil a los espectadores poder hacerle frente. Pero se sobreponían a su temor, se apretaban contra la jaula y no querían, de ninguna manera, apartarse de ese lugar.

La muralla china

(1917)

1
La construcción

El extremo norte de la Muralla China está hecho. Dos secciones convergieron allí, del sureste y del suroeste. Ese sistema de construcción parcial fue aplicado también, en menor escala, por los dos grandes ejércitos de trabajadores, el oriental y el occidental. Así era el procedimiento: se formaban grupos de unos veinte trabajadores, que tenían a su cargo una extensión cercana a los quinientos metros, mientras otros grupos construían un trozo de muralla de longitud igual que se encontraba con el primero. Una vez producida la unión, no se seguía la construcción a partir de los mil metros edificados: los dos grupos de obreros eran destinados a otras regiones donde se repetía la operación. Naturalmente que con ese procedimiento quedaron grandes espacios abiertos que tardaron muchísimo en cerrarse: algunos lo fueron años después de proclamarse oficialmente que la Muralla estaba concluida. Se afirma que hay espacios vacíos que nunca se edificaron; aseveración, sin embargo, que es tal vez una de las tantas leyendas a que dio origen la Muralla y que ningún hombre puede verificar con sus ojos, dada la magnitud de la obra.

Se pensaría de antemano que hubiese sido mejor en todo sentido construir la Muralla seguidamente o, por lo menos, seguidamente dentro de las dos secciones principales. La Muralla, como universalmente se proclamó y como nadie ignora, había sido concebida como una defensa contra las naciones del Norte. Pero, ¿qué defensa puede ofrecer una muralla discontinua? Ninguna, y la Muralla misma está en incesante peligro. Esos pedazos de muralla abandonados en mitad del desierto podían ser fácilmente abatidos por los nómadas, ya que esas tribus, alarmadas por los trabajos de construcción, cambiaban de terruño como langostas, con increíble velocidad y lograban tal vez una mejor visión general de los progresos de la Muralla que nosotros los constructores. Sin embargo, la obra se hizo del único modo posible. Para entenderlo así debemos considerar que la Muralla tenía que ser una defensa para los siglos que vendrían, de ahí que la edificación más escrupulosa, la aplicación de la sabiduría arquitectónica de todas las épocas y de todos los pueblos y el sentimiento perenne de la responsabilidad personal en los constructores, eran indispensables para la obra. Es verdad que para las tareas más subalternas podían emplearse obreros ignorantes –hombres, mujeres, niños, llevados por el mero interés–, pero ya un capataz de cuatro obreros debía ser un hombre versado en albañilería, un hombre que en el fondo del corazón sintiera la importancia de la obra. Cuanto más alto el cargo, mayor la exigencia. Y tales hombres existían, quizá no todos los requeridos por la obra, pero sí muy numerosos. El trabajo no había sido emprendido a la ligera. Medio siglo antes de empezarlo, la arquitectura y la albañilería, en particular, habían sido proclamadas en toda China (que se pensaba amurallar) como las más importantes de las ciencias, y otras no eran reconocidas sino en cuanto se relacionaban con ellas. Recuerdo todavía que nosotros, niños aún, nos agrupábamos en el jardín del maestro para levantar con piedritas una especie de muro, y que el maestro se arremangaba la túnica, arremetía contra el muro, lo hacía pedazos y vociferaba tan fuertes reproches acerca de la fragilidad de la obra que nosotros huíamos llorando en busca de nuestros padres. Un episodio mínimo, pero típico del espíritu de la época. Yo tuve la suerte de que la iniciación de la obra coincidiera con mis veinte años y con los últimos exámenes de la escuela primaria. Digo la suerte porque muchos que ya habían completado sus estudios, se pasaron la vida sin poder aplicar sus conocimientos y vagaban sin rumbo, con la cabeza llena de vastos planes arquitectónicos, sin oportunidad ni esperanzas. Pero aquellos otros que lograron puestos de capataces, siquiera en la categoría inferior, eran en verdad dignos de su trabajo. Eran albañiles que habían meditado muchísimo sobre la obra y que no cesaban de hacerlo: hombres que desde la primera piedra que enterraron se sintieron parte de la Muralla. Es natural que en tales albañiles alentara no sólo la voluntad de trabajar concienzudamente sino la impaciencia de ver concluida la obra. El obrero ignora esas impaciencias porque no le interesa más que el salario. Los jefes superiores, y aun los intermedios, ven mucho del crecimiento múltiple de la obra para mantener en alto el espíritu. Pero con los subalternos, hombres espiritualmente superiores a sus tareas aparentemente triviales, era preciso proceder de otro modo: imposible tenerlos durante meses o tal vez durante años acumulando piedra sobre piedra en una montaña desierta, a centenares de millas de su hogar; la futilidad de un trabajo, que excedía el término natural de la vida de un hombre, los hubiera incapacitado para la obra.

Por eso fue elegido el sistema de construcción parcial. Quinientos metros solían completarse en cinco años; al cabo de ese tiempo los capataces quedaban exhaustos y habían perdido la confianza en sí mismos, en la Muralla y en el mundo. Entonces, en plena exaltación de las fiestas que celebraban los mil metros ejecutados, los destinaban muy lejos. En la travesía divisaban aquí y allá trozos de Muralla concluidos, pasaban por altas jefaturas donde les entregaban premios honoríficos, escuchaban el júbilo de los nuevos ejércitos laboriosos que llegaban de los confines del país, veían bosques talados para apuntalar la Muralla, veían las montañas hechas canteras y escuchaban los himnos de los fieles en los santuarios rogando por la feliz culminación de la empresa. Todo eso aplacaba su impaciencia. La vida tranquila de sus hogares, donde acostumbraban descansar un tiempo, los fortalecía; el respeto que infundían, la credulidad piadosa con que eran recibidas sus palabras, la fe de los humildes ciudadanos en la pronta conclusión de la obra, todo eso retemplaba las fibras de su alma. Como niños eternamente esperanzados decían adiós a sus hogares; el anhelo de volver al trabajo colectivo era irresistible. Emprendían viaje antes de lo necesario; media aldea los acompañaba un largo trecho. En todos los caminos había grupos, arcos de triunfo, banderas; no habían visto jamás que grande, rica, amable y hermosa era su patria. Cada compatriota era un hermano para el que levantaban una muralla protectora y que les agradecería toda su vida, con todo lo que tenía y lo que era.

¡Unidad! ¡Unidad! Hombro contra hombro, una cadena de hermanos, una sangre no ya encerrada en la mezquina circulación del cuerpo, sino circulando con dulzura y sin embargo, regresando sin fin a través de la China infinita. Se justifica así el sistema de construcción parcial, pero también había otras razones. No es extraño que me demore tanto en este punto; por trivial que parezca a primera vista, se trata de un problema esencial de la edificación de la Muralla. Para comunicar y hacer comprensibles las ideas y experiencias de aquella época, nunca insistiré lo bastante en esta cuestión.

No hay que olvidar que en aquel tiempo se realizaron obras apenas inferiores a la erección de la Torre de Babel, pero de la que diferían mucho —si nuestros cálculos humanos no yerran—en lo que respecta a la aprobación divina.

Digo esto, porque en los días iniciales de la obra un letrado compuso un libro que desarrollaba precisamente ese paralelo. Ese libro quería demostrar que el fracaso de la Torre de Babel no se debía a las razones que generalmente se aducen o mejor dicho, que esas conocidas razones no eran las esenciales. Sus pruebas no sólo se apoyaban en informes y documentos: pretendía haber hecho investigaciones en el sitio mismo y haber descubierto que la Torre se malogró –y tenía que malograrse–a causa de lo débil de sus cimientos. Pero en ese aspecto nuestro tiempo era muy superior a aquel remoto pasado. Casi no había un contemporáneo educado que no fuera albañil de profesión e infalible en materia de cimientos. No era esto, sin embargo, lo que el escritor pretendía demostrar; su tesis era que la Gran Muralla ofrecería por primera vez en la historia una base segura para una nueva Torre de Babel.

Primero la Muralla, por consiguiente; luego la Torre. El libro estaba en todas las manos, pero debo admitir que hasta el día de hoy no acabo de comprender su concepción de la Torre. ¿Como entender que la Muralla, que ni siquiera formaba un círculo, sino una especie de arco o semicírculo, fuera la base de una torre? Claro está que todo eso puede encerrar algún sentido simbólico. Pero entonces, ¿a qué levantar la Muralla, que al fin y al cabo era algo concreto, que exigía la vida y la labor de innumerables hombres? ¿Y para qué los planos de la torre –planos un tanto nebulosos, en verdad– y los diversos proyectos para encauzar las energías del Imperio en esa gigantesca empresa?

Había entonces –este libro es sólo un ejemplo– mucha confusión mental, quizás engendrada por el hecho de que tantos hombres persiguieran un mismo fin. La naturaleza humana, esencialmente voluble, inestable como el viento, no tolera que se la sujete; forcejea contra las ataduras que ella misma se ha impuesto y acaba por romperlas a todas, a la muralla y a sí misma. Es muy posible que esas consideraciones adversas a la edificación de la Muralla no dejaran de influir en las autoridades al optar éstas por el sistema de contribución parcial. Nosotros –ahora pretendo hablar en nombre de muchos– realmente no sabíamos quiénes éramos. El haber estudiado los decretos de la Dirección nos convenció de que sin ella nuestra sabiduría aprendida y nuestro entendimiento natural hubieran sido insuficientes para las humildes tareas que ejecutamos dentro de la vastísima obra. En el despacho de la Dirección –dónde estaba y quiénes estaban, eso lo han ignorado y lo ignoran cuántos he interrogado–, en ese despacho se agitaban, sin duda, todos los pensamientos y todos los deseos humanos e inversamente todas las metas y todas las plenitudes. Por la ventana abierta caía un esplendor de mundos divinos sobre las manos que trazaban los planos.

Por consiguiente, el observador imparcial debe admitir que la Dirección, si se hubiera empeñado en ello, hubiese podido vencer las circunstancias que se oponían a un sistema de construcción continua. Es decir; debemos admitir que la Dirección eligió deliberadamente el sistema de construcción parcial. La construcción parcial, sin embargo, era un mero expediente y, por lo tanto, inadecuado. ¿Eligió entonces la Dirección un medio inadecuado? ¡Extraña conclusión! Sin duda, pero desde cierto punto de vista puede justificarse. Tal vez ahora lo podemos discutir sin peligro, en esos días la máxima secreta de muchos, y aun de los mejores, era ésta: trata de comprender con todas tus fuerzas las órdenes de la Dirección, pero sólo hasta cierto punto; luego, deja de meditar. Una máxima de lo más razonable, que se desarrolló en una parábola que logró mucha difusión: deja de meditar, pero no porque pueda perjudicarte, ya que tampoco hay la seguridad de que pueda perjudicarte; las ideas de perjuicio y de no perjuicio nada tienen que ver con el asunto. Te sucederá lo que al río en la primavera. El río crece, se hace más caudaloso, alimenta la tierra de sus riberas, y guarda su propio carácter hasta penetrar en el mar que lo recibe agradecido, 'trata de comprender hasta ese punto las órdenes de la Dirección. Pero otras veces el río anega sus riberas, pierde su forma, demora su curso, ensaya contra su destino la formación de pequeños mares tierra adentro, perjudica los campos, y, sin embargo, no puede mantener ese nivel y acaba por volver a sus riberas para secarse miserablemente cuando llega el verano. No quieras penetrar demasiado las órdenes de la Dirección. Por acertada que fuera esa parábola durante la construcción de la Muralla, sólo tiene un valor muy relativo en el informe que preparo. Mi indagación es puramente histórica; ya se han desvanecido los relámpagos de esa remota tempestad, y yo no me propongo otra cosa que dar una explicación del sistema de construcción parcial, una explicación más profunda que las de entonces. Los límites que me impone mi inteligencia son estrechos, pero la materia que deberé abarcar, infinita. ¿De quienes iba a resguardarnos la Gran Muralla? De los pueblos del Norte. Yo vengo del Sureste de China. Ningún pueblo del Norte nos amenaza. Leemos las historias antiguas y las crueldades que esos pueblos cometen siguiendo sus instintos, nos hacen suspirar bajo nuestros pacíficos árboles. En las auténticas figuras de los pintores vemos esos rostros crueles, esas fauces abiertas, esas mandíbulas ceñidas de dientes puntiagudos, esos ojitos entornados que parecen buscar carne débil para el brillo de sus dientes. Cuando los niños se portan mal les mostramos esas figuras y ellos se refugian en nuestros brazos. Pero eso es todo lo que sabemos de esos hombres del Norte. Nunca los hemos visto y si permanecemos en nuestra aldea no los veremos nunca, aunque resolvieran precipitarse sobre nosotros al galope tendido de sus caballos salvajes... demasiado vasta es la tierra y no los dejaría acercarse... su carrera se estrellaría en el vacío. Entonces ¿por qué razón abandonamos nuestros hogares, el río y los puentes, la madre y el padre, la mujer deshecha en lágrimas, los niños sin amparo, y fuimos a la ciudad lejana a estudiar y nuestros pensamientos aún más lejos, hasta la Muralla que está en el Norte? ¿Por qué? La Dirección lo sabe. Nuestros jefes nos conocen bien. Agitados por ansiedades gigantescas, lo saben todo acerca de nosotros, conocen nuestros pequeños quehaceres, nos ven reunidos en humildes cabañas y aprueban o desaprueban el rezo que el padre de familia eleva en las tardes rodeado por los suyos. Si me fuera permitido otro juicio sobre la Dirección, diría que es muy antigua y que no ha sido congregada de golpe, como los grandes mandarines que se reúnen movidos por un sueño y ya esa misma tarde sacan de sus camas al pueblo redoblando tambores y lo arrean a una iluminación en honor de un dios que ayer ha favorecido a sus Señorías y que mañana, apenas apagados los faroles, será relegado a un oscuro rincón. Prefiero sospechar que la Dirección no es menos antigua que el mundo y asimismo que la decisión de hacer la Muralla. ¡Inconscientes pueblos del Norte que imaginaban ser el motivo! ¡Venerable, inconsciente Emperador que imaginó haberlo decretado! Los constructores de la Muralla conocemos la verdad y callamos.

Desde la construcción de la Muralla hasta el día de hoy, me he entregado casi exclusivamente a la historia comparativa de las naciones —hay determinados problemas que no es posible penetrar sino por este método— y he llegado a la conclusión de que los chinos estamos dotados de algunas instituciones sociales y políticas cuya claridad es incomparable, y también de otras cuya oscuridad es desmesurada. El deseo de investigar las causas de esos fenómenos (especialmente los últimos) no me abandona nunca, ya que la construcción de la Muralla guarda una relación esencial con esas cuestiones.

La más oscura de nuestras instituciones es indudablemente el Imperio. Por cierto que en Pekín, en la Corte, hay alguna claridad sobre esa materia, pero esa misma claridad es más ilusoria que real. En las universidades, los profesores de derecho y de historia afirman su conocimiento exacto del tema y su capacidad de comunicarlo. A medida que uno desciende a las escuelas elementales, van desapareciendo las dudas y una cultura superficial infla monstruosamente unos

pocos preceptos seculares, que a pesar de no haber perdido nada de su eterna verdad, resultan indescifrables en ese
polvo y en esa niebla.

Precisamente sobre el imperio convendría que el pueblo
fuera interrogado, ya que tiene en el pueblo su último sos-
tén. Es verdad que sobre este punto yo sólo puedo hablar de
mi aldea. Descontadas las divinidades agrarias cuyas cere-
monias ocupan el año de un modo tan bello y variado, sólo
pensamos en el Emperador. No en el Emperador actual;
para ello tendríamos que saber quién es o algo determinado
sobre él. Hemos tratado siempre —no tenemos otra curiosidad— de conseguir algún dato, pero, por raro que parezca, nos ha resultado casi imposible descubrir algo, tanto
de los peregrinos, que han recorrido muchas tierras, como
de las aldeas vecinas o remotas, o de los marineros, que no
sólo han remontado nuestros arroyos, sino los ríos sagra-
dos. Uno oye muchas cosas, es verdad, pero nada resulta
seguro, indiscutible. Nuestra tierra es tan grande que no
existe cuento de hadas que pueda encerrar su grandeza. El
cielo mismo apenas la abarca, y Pekín es un punto y el
palacio imperial es menos que un punto. El Emperador,
como tal, está sobre todas las jerarquías del mundo. Pero el
Emperador, individualmente, es un hombre como nosotros,
que duerme como un hombre en una cama que, tal vez, es
amplísima, pero que tal vez es corta y angosta. Como nosotros, a veces se acuesta y cuando está muy cansado bosteza
con su boca delicada. Pero nosotros, que habitamos al Sur,
a millares de leguas, casi en los contrafuertes de la meseta
tibetana, ¿qué podemos saber de todo eso? Además, aunque
nos llegaran noticias, nos llegarían atrasadas, absurdas. En
torno del Emperador se reúne una brillante y sin embargo
oscura muchedumbre de cortesanos —maldad y hostilidad
disfrazadas de amigos y servidores—, el contrapeso del poder
imperial, perpetuamente dirigiendo al Emperador dardos
envenenados. El Imperio es eterno, pero el Emperador vaci-
la y se tambalea; dinastías enteras se derrumban y mueren

en un solo estertor. De esas batallas y esas luchas no sabrá
nada el pueblo; es como el retrasado forastero que no pasa
del fondo de una atestada calle lateral, mientras en la plaza
central están ejecutando al rey. Hay una parábola que des-
cribe muy bien esa relación. El emperador –así dicen– te ha
enviado a ti, el solitario, el más miserable de sus súbditos, la
sombra que ha huido a la más distante lejanía, microscópi-
ca ante el sol imperial, ¡justamente a ti, el Emperador te ha
enviado un mensaje desde su lecho de muerte! Hizo arro-
dillar al mensajero junto a su cama y le susurró el mensaje
al oído; tan importante le parecía, que se lo hizo repetir.
Asintiendo con la cabeza, corroboró la exactitud de la repe-
tición. Y ante la muchedumbre reunida para contemplar su
muerte –todas las paredes que interceptaban la vista habían
sido derribadas, y sobre la amplia y alta curva de la gran
escalinata formaban un círculo los grandes del Imperio–,
ante todos, ordenó al mensajero que partiera. El mensajero partió en el acto; un hombre robusto e, incansable;
extendiendo primero un brazo, luego el otro, se abre paso
a través de la multitud; cuando encuentra un obstáculo, se
señala sobre el pecho el signo del sol; se adelanta mucho
más fácilmente que ningún otro. Pero la multitud es muy
grande; sus alojamientos son infinitos. Si ante él se abrie-
ra el campo libre, ¡como volaría!, pronto oirías el glorioso
sonido de sus puños contra tu puerta. Pero, en cambio, qué
vanos son sus esfuerzos; todavía está abriéndose paso a través de las cámaras del palacio central; no acabará de atrave-
sarlas nunca; y si terminara, no habría adelantado mucho;
todavía tendría que esforzarse para descender las escaleras;
y si lo consiguiera, no habría adelantado mucho; tendría
que cruzar los patios: y después de los patios el segundo
palacio circundante; y nuevamente las escaleras y los patios;
y nuevamente un palacio: y así durante miles de años; y
cuando finalmente atravesara la última puerta –pero esto
nunca, nunca podría suceder, todavía le faltaría cruzar la
capital, el centro del mundo, donde su escoria se amontona

prodigiosamente. Nadie podría abrirse paso a través de ella, y menos aún con el mensaje de un muerto. Pero tú te sientas junto a tu ventana y te lo imaginas cuando cae la noche.

Así, de modo tan desesperado y tan esperanzado a la vez, es como mira nuestro pueblo al Emperador. No sabe cual reina, y hasta el nombre de la dinastía está en duda. En la escuela se enseñan en orden las dinastías, pero la incertidumbre general es tan grande que hasta los mejores letrados se dejan arrastrar por ella. Emperadores muertos hace siglos suben al trono en nuestras aldeas y la proclamación de un emperador que sólo perdura en las epopeyas fue leída frente al altar por un sacerdote. Batallas de la historia más antigua son recientes para nosotros, y un vecino trae la noticia con la cara encendida.

Las mujeres de los emperadores, ociosas entre sus almohadones de seda, desviadas de la noble tradición por cortesanos viles, henchidas de ambición, violentas de codicia, desaforadas de lujuria, repiten y vuelven a repetir sus abominaciones. Cuanto más tiempo ha transcurrido, más terribles y vivos son los colores y con temor nuestra aldea recibe la noticia de que una emperatriz (hace miles de años) bebió la sangre del marido a grandes tragos.

Así están cerca de nuestro pueblo los emperadores antiguos, pero al que vive lo juzgan entre los muertos. Si alguna vez, alguna rarísima vez, un funcionario imperial, que recorre las provincias, cae por azar en nuestra aldea, y nos transmite algunos decretos, examina las listas de los impuestos, preside los exámenes, interroga al sacerdote y, antes de ascender a su litera, dirige algunos reproches a los asistentes, entonces una sonrisa alegra las caras, todos se miran a hurtadillas y la gente se inclina sobre los niños, para que el funcionario no se de cuenta. "¿Cómo? –piensa –: habla de un muerto como si aún estuviera vivo; ese Emperador ha muerto hace tiempo, la dinastía se ha extinguido, el señor funcionario nos está gastando una broma, pero no nos daremos por aludidos, para no ofenderlo. Pero realmente no acataremos sino al Emperador actual, porque proceder de otro modo sería un desacato." Y al desaparecer la litera surge como señor del pueblo una sombra que arbitrariamente exaltamos y que habitó, sin duda, una urna ya hecha cenizas.

Paralelamente nuestro pueblo suele interesarse muy poco en las agitaciones civiles o en las guerras contemporáneas. Recuerdo un incidente de mi juventud. Había estallado una revuelta en una provincia limítrofe pero muy apartada. No recuerdo las causas de la revuelta, ni éstas importan: ahora las causas sobran cuando la gente es revoltosa. Un pordiosero que venía de esa provincia, trajo a la casa de mi padre una proclama publicada por los rebeldes. Casualmente era un día de fiesta, la casa estaba llena de invitados, el sacerdote ocupaba el sitio de honor y miró la proclama. De golpe todos se reían, en la confusión la hoja se hizo pedazos, el pordiosero que había recibido abundantes limosnas fue expulsado a golpes, los huéspedes salieron a gozar del hermoso día. ¿La razón?, el dialecto de esa provincia limítrofe difiere esencialmente del nuestro y esa disparidad se manifiesta en algunas formas del idioma escrito que tienen un carácter arcaico para nosotros. Apenas hubo leído el sacerdote un par de líneas, nuestra decisión estaba tomada.

Viejas cosas, contadas hace tiempo, hace tiempo cicatrizadas. Y aunque —así me lo asegura el recuerdo— la actualidad hablaba palmariamente por boca del pordiosero, todos movían la cabeza y reían y rehusaban escuchar más. Tan inclinado está nuestro pueblo a ignorar el presente.

Si de todos estos hechos se deduce que carecemos de Emperador, no se estará muy lejos de la verdad. Lo digo y lo repito: no hay pueblo más fiel al Emperador que nuestro pueblo del Sur, pero de nada le sirve al Emperador nuestra fidelidad. Es cierto que el dragón sagrado está en su pedestal a la entrada de nuestra aldea, y desde que los hombres son hombres ha dirigido hacia Pekín su aliento de fuego, pero Pekín es más inconcebible para nosotros que la otra vida. ¿Existiría realmente una aldea de casas encimadas que cubre un espacio superior al que domina nuestro cerro, y será posible que entre esas casas haya hombres hacinados todo el día y toda la noche? Menos difícil que figurarnos esa ciudad es pensar que Pekín y su Emperador son una sola cosa: una tranquila nube, digamos, que gira eternamente cerca del sol.

De semejantes opiniones resulta una vida relativamente libre y despreocupada. De modo alguno una vida inmoral: no he hallado en mis peregrinajes una pureza de costumbres como la de mi aldea. Pero es una vida, con todo, que no sabe de leyes contemporáneas, y sólo reconoce las exhortaciones y los avisos que vienen de tiempos remotos. No hago generalizaciones y no pretendo que sucede lo mismo en las mil aldeas de nuestra provincia o en las quinientas provincias del Imperio. El examen de muchos documentos, corroborado por mis observaciones personales, las vastas muchedumbres movilizadas para levantar la Muralla, daban a los hombres sensibles ocasión de recorrer casi todas las provincias; ese examen –repito– me permite afirmar que la concepción general del Emperador concuerda esencialmente con la que se tiene en mi aldea. No afirmo que esa concepción sea una virtud: todo lo contrario. Es indudable que la responsabilidad principal le incumbe al gobierno, que en este Imperio –el más antiguo de la tierra– no ha conseguido o no ha querido desarrollar las instituciones imperiales con la justeza necesaria para que su influencia llegue directa e incesantemente a los límites extremos del país. Por otra parte, el pueblo adolece de una debilidad de imaginación o de fe que le impide levantar al Imperio de su postración en Pekín y estrecharlo con amor contra su pecho leal, aunque en el fondo no ambiciona otra cosa que sentir ese contacto y morir.

En consecuencia, nuestra concepción del Emperador no es una virtud. Tanto más raro es que esa misma debilidad sea una de las mayores fuerzas aglutinantes de nuestro pueblo; constituye, si me permiten la expresión, el suelo que pisamos. Declararlo un defecto esencial, significaría no sólo hacer vacilar las conciencias, sino también los pies. Y por eso no deseo continuar examinando este problema.

2
El rechazo

Nuestra pequeña ciudad no está en la frontera, ni tan siquiera próxima; la frontera está todavía tan lejos que probablemente nadie de la ciudad haya llegado hasta ella; hay que cruzar planicies desérticas y también extensas regiones fértiles. Es cansador tan sólo imaginar parte de la ruta y es completamente imposible imaginar más. Grandes ciudades se hallan en el camino, son mucho más grandes que la nuestra; y en el supuesto de que uno no se perdiera en el trayecto, se perdería con seguridad en ellas debido a su enorme tamaño que hace imposible bordearlas.

Mucho más allá de la frontera, si tales distancias pudiesen compararse —es como decir que un hombre de trescientos años es más viejo que uno de doscientos–, mucho más allá aún está la capital. Y si bien nos llega alguna noticia de las luchas fronterizas, no nos enteramos casi absolutamente de lo que sucede en ella, los ciudadanos corrientes al menos, pues los funcionarios disponen de excelentes comunicaciones; según afirman en dos o tres meses pueden recibir una noticia.

Y es curioso, y esto siempre renueva en mí el asombro, cómo nos sometemos a cuanto se ordena desde la capital. Hace siglos que no se produce entre nosotros modificación política alguna emanada de los ciudadanos mismos. En la capital los jerarcas se han relevado unos a otros; dinastías enteras se han extinguido o fueron depuestas y nuevas dinastías comenzaron; en el último siglo la capital misma fue destruida y fundada una nueva, lejos de la primera; luego la nueva fue destruida a su vez y la antigua vuelta a edificar; en nuestra ciudad nada de ello tuvo repercusión alguna. La burocracia conservó siempre su lugar, los funcionarios principales venían de la capital, los de mediano rango llegaban, por lo menos, de afuera, los inferiores salían de nuestro medio; así ha sido siempre y eso nos bastaba.

El funcionario más elevado, es el Jefe Recaudador de Impuestos, en grado de coronel, y así se le llama. Hoy es ya un hombre viejo, pero lo conozco desde hace muchos años, y ya en mi niñez era coronel; al principio hizo una carrera rápida, que luego se estancó de golpe; para nuestra ciudad basta su grado, no estaríamos en condiciones de absorber otro más importante. Cuando trato de imaginármelo, lo veo sentado en la galería de su casa, frente a la plaza del mercado, echado hacia atrás, con una pipa en la boca. En el techo ondea sobre él la bandera imperial; y en los límites de la galería, tan espaciosa que en ella se realizan pequeños ejercicios militares, hay ropa tendida para secar. Sus nietos, ricamente vestidos de seda, juegan alrededor de él; no se les permite bajar a la plaza, los otros niños son indignos de ellos, pero como les tienta, meten la cabeza entre los barrotes de la barandilla, y cuando los otros chicos se pelean, ellos siguen la lucha desde arriba. Este coronel gobierna, pues, la ciudad. Creo que no ha exhibido jamás un documento que le autorice a ello. Acaso tampoco lo tenga. Tal vez sea, en efecto, Jefe Recaudador de Impuestos, ¿pero es suficiente?, ¿le autoriza a mandar en todos los campos de la Administración? Desde luego, su cargo es importante para el Estado, pero se tiene la impresión de que la gente dice: "ya nos has tomado cuanto teníamos; por favor, tómanos también a nosotros". Porque, realmente, no se ha adueñado del poder por la violencia ni es un tirano. Desde tiempos inmemoriales la fuerza de la costumbre ha querido que el Jefe Recaudador fuera también el primer funcionario, y el Coronel y nosotros no hacemos más que seguir la tradición. Pero aunque vive entre nosotros sin excesivas distinciones en razón de su cargo, es muy distinto a un ciudadano común. Cuando una delegación llega ante él con una súplica, parece el muro del mundo. Más allá de él no hay nada; parecen oírse, sí, todavía algunos cuchicheos, pero tal vez sólo sea un engaño de los sentidos, puesto que él representa el final de todo, al menos para nosotros. Es necesario haberlo observado en esas recepciones. De niño asistí a una; la delegación de los ciudadanos le solicitaba un subsidio gubernamental porque el barrio más pobre había sido destruido por un incendio. Mi padre, el herrero, persona respetada, formaba parte de la delegación y me había llevado con él. Esto no era nada fuera de lo común; a semejante espectáculo asiste todo el mundo, y casi no es posible distinguir la delegación entre el gentío. Por lo general tales recepciones tienen lugar en la galería; hay personas que trepan desde la plaza del mercado con escaleras de mano para participar en los sucesos por encima de la barandilla. En aquella ocasión, casi la cuarta parte de la galería estaba reservada para él, el resto lo llenaba la multitud. Algunos soldados se hallaban encargados de la vigilancia; también le rodeaban a él en semicírculo. En el fondo, hubiera bastado un solo soldado, tanto es el temor que el Coronel despierta. No sé con exactitud de dónde vienen estos soldados, en todo caso de muy lejos; todos se parecen y ni siquiera necesitarían uniforme. Son pequeños, poco robustos, pero vivaces; lo más llamativo en ellos es la dentadura, poderosa como si les llenara demasiado la boca, y un cierto recluir inquieto en los ojillos estrechos. Son el terror de los niños, y al mismo tiempo también su atracción, porque continuamente quisieran asustarse ante esas dentaduras y esos ojos, para en seguida escapar desesperados. Probablemente este terror infantil no se pierde en los adultos, o al menos sigue obrando en ellos. Hay otras cosas todavía. Los soldados hablan un dialecto incomprensible, no logran habituarse a nuestro idioma, lo que les hace herméticos, inaccesibles. Ello responde también a su carácter. Son reservados, serios y rígidos, y aunque no hagan nada malo, algo parecido a una malignidad latente les hace insoportables. Entra un soldado en un comercio, por ejemplo, compra una chuchería y permanece apoyado en el mostrador; atiende a las conversaciones, tal vez sin comprenderlas pero como si lo hiciera no tiene palabra, tan sólo mira rígidamente al que habla, luego a los que escuchan, la mano en la empuñadura del largo cuchillo que pende del cinto. Es insoportable, se pierden las ganas de conversar, el comercio se vacía, y sólo cuando se ha vaciado por completo se marcha también el soldado. Donde aparecen los soldados, nuestro pueblo, tan animado, se cohíbe. Así fue también en aquella oportunidad. Como en todas las ocasiones solemnes, el Coronel estaba muy erguido y sostenía en las manos tendidas hacia delante dos varas de bambú. Es una vieja costumbre que significa que él se apoya en la ley y que ella a su vez es sostenida por él. Todos saben ya lo que sucederá en lo alto de la galería; sin embargo, vuelven a atemorizase. También en aquella oportunidad el designado para hablar no quiso comenzar a hacerlo; estaba ya frente al Coronel, pero de pronto perdió el ánimo y con diversos pretextos volvió a desaparecer entre la multitud. Y no se encontró a otro capaz y dispuesto a hablar; por cierto, algunos incapaces se ofrecieron; se originó una gran confusión y se enviaron mensajeros a algunos oradores conocidos.

Durante todo este tiempo el Coronel permaneció de pie, inmóvil; sólo la respiración le convulsionaba el pecho. No porque respirara con dificultad, respiraba con precisión, como lo hacen, por ejemplo, las ranas, pero en éstas es habitual, mientras que en él era extraordinario. Me escurrí entre las personas mayores y lo pude contemplar por un hueco, entre los soldados, hasta que uno de éstos me apartó con la rodilla. Entretanto el orador primitivamente designado pudo reaccionar y, sostenido firmemente por dos ciudadanos, pronunció el discurso. Era emocionante ver cómo durante este grave discurso, que describía tal infortunio, no cesó de sonreír; era la más humilde de las sonrisas, que se esforzaba en vano para provocar el menor reflejo en el rostro del Coronel. Por fin formuló la súplica, creo que tan sólo solicitó una exención dé impuestos por un año, o acaso también madera barata de los bosques imperiales. Luego se inclinó profundamente, como lo hicieron todos los demás a excepción del Coronel, de los soldados y de algunos funcionarios del fondo. Al niño le pareció ridículo que los que estaban encaramados en las escaleras descendieran unos peldaños para no ser vistos durante el decisivo silencio y cómo de vez en cuando se asomaban al nivel del suelo de la galería para espiar. Eso duró un momento; luego un funcionario, un hombre menudo, se adelantó, trató de levantarse de puntillas hasta el Coronel, que, aparte de los movimientos del pecho, seguía completamente inmóvil, y obtuvo de él un susurro al oído. El funcionario dio una palmada y anunció: "La petición ha sido rechazada. Idos". Una innegable sensación de alivio recorrió la multitud; todos se apretujaban para salir; casi nadie se fijaba ya en el Coronel, que parecía haberse convertido de nuevo en un ser humano como todos nosotros; sólo vi cómo, realmente agotado, soltó las varas, que cayeron al suelo, cómo se hundió en una poltrona traída por los funcionarios y cómo se metió con apresuramiento la pipa en la boca. Pero no se trataba de un hecho aislado; era lo corriente. Puede ocurrir, sin embargo, que alguna que otra vez se acceda a alguna pequeña petición, pero entonces sucede como por decisión del Coronel, como ente poderoso y bajo su exclusiva responsabilidad; en cierto modo debe ser conservado —no se dice, pero es así en definitiva—en secreto ante el gobierno. Si bien en nuestra pequeña ciudad los ojos del Coronel son al propio tiempo los ojos del gobierno, en este caso hay que hacer una distinción, cuyo sentido no es del todo comprensible.

Pero en los asuntos importantes se puede estar siempre seguro de la negativa. Y es realmente curioso que en cierto modo no nos podamos pasar sin ella; lo que no quiere decir que la ida y el logro del rechazo sea una simple formalidad. Siempre, con seriedad y con renovado ánimo, el pueblo concurre y luego se retira, no precisamente conforme y feliz, pero de ninguna manera con desilusión o cansancio. Sobre estos asuntos no necesito el parecer de nadie, las siento en mi interior como todo el mundo. Y ni siquiera experimento curiosidad por saber la relación que hay entre tales sucesos.

Sin embargo, según mis observaciones, la gente de determinada edad, los jóvenes entre diecisiete y veinte años, no están conformes. Es gente incapaz de sospechar, por su extremada juventud, la trascendencia de cualquier idea y menos aún de una idea revolucionaria. Y sin embargo, precisamente entre ella, se infiltra el descontento.

3
Las leyes

Por lo general nuestras leyes no son conocidas, sino que constituyen un secreto del pequeño grupo aristocrático que nos gobierna. Aunque estamos convencidos de que estas antiguas leyes se cumplen con exactitud, resulta en extremo mortificante el verse regido por leyes por uno desconocidas. No pienso aquí en las diversas posibilidades de interpretación ni en las desventajas de que sólo algunas personas, y no todo el pueblo, puedan participar de su interpretación. Acaso esas desventajas no sean muy grandes. Las leyes son tan antiguas que los siglos han contribuido a su interpretación, pero las licencias posibles sobre esta, aun cuando subsistan todavía, son muy restringidas. Por lo demás la nobleza no tiene evidentemente ningún motivo para dejarse influir en la interpretación por un interés personal en perjudicarnos ya que las leyes fueron establecidas desde sus orígenes por ella misma; la cual se halla fuera de la ley, que, precisamente por eso, parece haberse puesto exclusivamente en sus manos. Esto, naturalmente, encierra una sabiduría –quién duda de la sabiduría de las antiguas leyes–, pero al propio tiempo nos resulta mortificante, lo cual es probable que sea inevitable. Por otra parte, estas apariencias de leyes sólo pueden ser en realidad sospechadas. Según la tradición, existen y han sido confiadas como secreto a la nobleza; de modo que son más que una vieja tradición, digna de crédito por su antigüedad, pues la naturaleza de estas leyes exige también mantener en secreto su existencia. Pero si nosotros, el pueblo, seguimos atentamente la conducta de la nobleza desde los tiempos más remotos y poseemos anotaciones de nuestros antepasados referentes a ello, y las hemos proseguido concienzudamente hasta creer discernir en los hechos múltiples ciertas líneas directrices que permiten sacar conclusiones sobre ésta o aquella determinación histórica, y si después de estas deducciones finales cuidadosamente tamizadas y ordenadas, procuramos adaptarnos en cierta medida al presente y al futuro, todo parece ser, entonces, algo inseguro y quizás un simple juego del entendimiento, pues tal vez esas leyes que aquí tratamos de descifrar no existen. Hay un pequeño partido que sostiene esta opinión y que trata de probar que cuando una ley existe sólo puede decir: lo que la nobleza hace es ley.

Ese partido ve solamente actos arbitrarios en los actos de la nobleza y rechaza la tradición popular, la cual, según su parecer, sólo comporta beneficios casuales e insignificantes, provocando en cambio graves perjuicios al dar al pueblo una seguridad falsa, engañosa y superficial con respecto a los acontecimientos por venir. No puede negarse este daño, pero la gran mayoría de nuestro pueblo ve su razón de ser en el hecho de que la tradición no es ni con mucho suficiente aún, ya que hay todavía mucho que investigar en ella y que, sin duda, su material, por enorme que parezca, es aún demasiado pequeño, porque habrán de transcurrir siglos antes de que se revele como suficiente. Lo confuso de esta visión, a los ojos del presente, sólo está iluminado por la fe de que habrá de venir el tiempo en que la tradición y su investigación consiguiente resurgirán, en cierto modo, para poner punto final, que todo será puesto en claro, que la ley sólo pertenecerá al pueblo y la nobleza habrá desaparecido. Esto no lo ha dicho nadie, en modo alguno, con odio hacia la nobleza. Antes bien, debemos odiarnos a nosotros mismos, por no ser dignos aún de tener ley. Y por eso, ese partido, en realidad tan atrayente desde cierto punto de vista y que no cree, en verdad, en ley alguna, no ha aumentado su caudal porque él también reconoce a la nobleza y el derecho a su existencia.

En verdad, esto sólo puede expresarse con una especie de contradicción: un partido que, junto a la creencia en las leyes, repudiara la nobleza, tendría inmediatamente a todo el pueblo a su lado, pero un partido semejante no puede surgir pues nadie osa repudiar a la nobleza. Vivimos sobre el filo de esta cuchilla. Un escritor lo resumió una vez de la siguiente manera: la única ley, visible y exenta de duda, que nos ha sido impuesta, es la nobleza, ¿y de esta única ley habríamos de privarnos nosotros mismos?

4
El reclutamiento

Los reclutamientos de tropas son a menudo necesarios, puesto que las luchas fronterizas no cesan nunca y se realizan de la siguiente forma: se publica el mandato de que en tal día, en tal barrio todos los habitantes, hombres, mujeres, niños, sin excepción, deben permanecer en sus casas. Generalmente es hacia el mediodía cuando aparece en la entrada del barrio, donde una brigada de soldados de infantería y caballería espera ya desde el amanecer, el joven noble que debe practicar el reclutamiento. Es un hombre delgado, no muy alto, débil, de aspecto descuidado, con ojos cansados, con una inquietud que lo agita constantemente, igual que a un enfermo el escalofrío. Sin mirar a nadie hace con su fusta, que compone todo su armamento, una señal; algunos soldados lo siguen y él penetra en la primera casa. Un soldado, que conoce personalmente a todos los habitantes de este barrio, lee la lista de los ocupantes. Por lo general se encuentran todos allí, en fila en la habitación, los ojos pendientes del noble, como si ya fueran soldados. Pero también puede ocurrir que aquí y allí falte alguno. Entonces nadie se atreve a esgrimir una excusa y menos aún una mentira; se calla, se bajan los ojos, apenas si se soporta la presión de la orden que se ha desacatado en esta casa, pero la muda presencia del noble inmoviliza, sin embargo, a todos en sus puestos. Él hace una señal, no es siquiera una inclinación de cabeza, sólo se lee en sus ojos, y dos soldados comienzan a buscar al que falta. No da mucho trabajo. Nunca se encuentra fuera de la casa, nunca intenta realmente sustraerse al reclutamiento, sólo es por miedo que no ha venido, pero no por miedo al servicio, es, en realidad, timidez, recelo; la orden es para él formalmente demasiado grande, atemorizante, no puede venir por sus propias fuerzas. Pero por eso no huye, sólo se oculta, y cuando oye que el noble está en la casa, se arrastra fuera de su escondrijo hasta la puerta de la habitación y es inmediatamente cogido por los soldados que salen. Es llevado ante el noble: éste aferra la fusta con ambas manos —es tan débil que con una mano no puede hacer nada— y castiga al hombre. No le produce grandes dolores; deja caer la fusta, mitad por agotamiento, mitad por repugnancia, y el azotado ha de recogerla y entregársela. Entonces se le permite alinearse con los demás; está seguro, casi seguro, que no va a ser asentado. Pero también ocurre, y esto es más frecuente, que haya más gente que la que figura en el registro. Por ejemplo, una muchacha desconocida está allí y mira al noble; es de afuera, tal vez de la provincia; el reclutamiento la ha atraído hasta aquí. Hay muchas mujeres que no pueden resistirse a la atracción de uno de estos reclutamientos extraños; el de casa tiene un significado completamente distinto. Y es curioso que no se vea en ello nada reprochable cuando una mujer cede a esta tentación; al contrario, es algo por lo que, según la opinión de algunos, tienen que pasar las mujeres, es una deuda contraída con su sexo. Además siempre sucede de manera parecida. La muchacha o señora oye que en algún sitio, tal vez muy lejos, en casa de unos parientes o amigos, hay un reclutamiento; suplica a sus familiares aprobación para el viaje, se aprueba —esto no se le puede rechazar—, se viste con lo mejor que tiene, está más contenta que de costumbre, al mismo tiempo tranquila y amable, diferente de como acostumbra a ser, y detrás de toda su calma y amabilidad, se mantiene inaccesible, como una desconocida que viaja a su patria y no piensa ya en otra cosa. En la familia en la que ha de tener lugar el reclutamiento, es recibida de forma completamente distinta que un huésped normal; la adulan, debe atravesar todas las habitaciones de la casa, asomarse a todas las ventanas, y si alguien le coloca la mano en la cabeza, significa más que la bendición paterna. Cuando la familia se prepara para el reclutamiento, ella recibe el mejor sitio, el más próximo a la puerta, que es donde va a ser mejor vista por el noble y donde ella mejor lo va a ver. Pero sólo es honrada hasta la entrada del noble, a partir de ahí comienza a marchitarse formalmente. El la contempla tan poco como a los otros, e incluso si dirige sus ojos hacia alguno, aquél no se siente mirado. Ella no había esperado esto o, lo que es más, lo había esperado con toda seguridad, puesto que no puede ser de otra manera, pero tampoco era la esperanza de lo contrario lo que la había traído hasta aquí; era, sencillamente, algo que ahora ciertamente ha terminado. Siente vergüenza en una medida que tal vez nuestras mujeres no sienten nunca; no es sino ahora cuando se da cuenta de que se ha entrometido en un reclutamiento extraño, y cuando el soldado termina de leer su lista y su nombre no ha aparecido, hay un instante de silencio; ella huye temblando y encogida hasta la puerta y recibe todavía un puñetazo del soldado en la espalda.

Si es un hombre el que sobra, no aspira a otra cosa que a ser reclutado, a pesar de no pertenecer a esta casa. También esto es completamente inútil; nunca ha sido reclutado uno de estos sobrantes y nunca sucederá algo semejante.

A nuestro mundo llegó entonces la noticia de la construcción de la muralla. Lo hizo con retraso, unos treinta años después de su proclamación. Era una tarde de verano. Yo, de unos diez años, me hallaba con mi padre a la orilla del río. Por la trascendencia de esa hora, comentada muchas veces, recuerdo todavía los detalles más nimios. Me tenía de la mano —lo hacía con placer hasta en su vejez avanzada—y deslizaba la otra por la pipa, larga y muy fina, como si fuese una flauta. Su gran barba movediza y armada avanzaba en el espacio; saboreando la pipa, miraba a lo alto por encima del río. Su trenza, objeto de la veneración de los niños, caía hacia abajo y susurraba suavemente sobre la seda bordada en oro del traje de fiesta. Entonces se detuvo una barca ante nosotros; el barquero, con un gesto, indicó a mi padre de que bajara por el talud; él mismo ascendió también. Se encontraron en el medio; el barquero susurró algo en secreto al oído de mi padre; para acercársele más lo abrazó. No comprendí lo que decían, sólo vi que mi padre no parecía creer la noticia, que el barquero trataba de reforzar su veracidad, que mi padre aún no podía creerla, que el barquero, con el apasionamiento que lo caracteriza, casi se desgarró sus ropas en el pecho para probar lo que decía, que mi padre se tornó más silencioso y que el barquero saltó ruidosamente a la barca, alejándose. Mi padre, pensativo, se volvió hacia mí, golpeó la pipa, la metió en el cinturón y me acarició la mejilla. Era lo que más me gustaba, me hacía feliz, y así llegamos a casa. El arroz ya humeaba sobre la mesa, había algunos huéspedes y se vertía aguardiente en las copas. Sin prestar atención a ello, mi padre, desde el umbral, comenzó a contar lo que había oído. No recuerdo exactamente las palabras, pero sí el sentido, debido a lo extraordinario de las circunstancias aun para un niño, me penetró tan profundamente que todavía hoy me atrevo a dar la versión oral. Y lo hago porque es muy demostrativo de las ideas del pueblo. Mi padre dijo esto aproximadamente: "un barquero desconocido —conozco a todos los que habitualmente pasan por aquí, pero éste era desconocido—me contó que se piensa construir una gran muralla para proteger al Emperador; a menudo pueblos no creyentes se reúnen ante el palacio imperial, entre ellos también demonios, y disparan sus negras flechas contra el Emperador".

Índice